INDESTRUCTIBLE

Chronique des jours ordinaires

ISBN : 978-2-490595-41-9

INDESTRUCTIBLE

Chronique des jours ordinaires

Pierre Barachant

Pour Michèle LC.

Indestructible

Depuis que j'ai quitté ma femme je passe le plus clair de mon temps à écrire ou ne rien faire. J'adore rester là à glander, regarder le plafond, boire un coup et fumer des cigarettes. Quand on est seul l'avantage c'est qu'on n'a que soi à quoi penser. Et c'est bien suffisant. J'ai pas mal picolé aussi si j'en juge au nombre de bouteilles, bière et pinard qui s'entassent sous l'évier. Je rattrape plein de trucs on dirait. Je finirai en vieil alcoolo. Peut-être bien dans le ruisseau comme on me le prédisait dans ma jeunesse. Qu'importe, aujourd'hui, ici et maintenant, je me sens bien. Je n'ai jamais été aussi bien. Avant j'avais des états d'âme, mais c'est quand j'étais encore con.

C'est arrivé comme ça : Un soir elle m'a dit : « Je me demande parfois ce qu'on fait encore ensemble. C'est vrai on ne fait que se croiser dans cette maison.». J'en convenais. C'était pas la première fois qu'elle le disait. Ca revenait régulièrement depuis des années : « Je sais pas ce qu'on fait encore ensemble. »

Cette fois j'ai dit O.K. tu as raison. J'allais avoir 55 ans. Et le lendemain matin je suis allé à la banque et j'ai demandé à ouvrir un compte personnel et à ce qu'on sépare notre compte-joint. Ensuite je me suis rendu aux services sociaux et j'ai expliqué à une assistante sociale que je quittais ma femme et que je n'avais aucun revenu pour subvenir à mes besoins, ni piaule ni rien. C'était une nouvelle et elle semblait un peu larguée, mais elle m'a fait remplir des papiers et m'a demandé une adresse qui ne serait pas celle de ma femme et j'ai donné celle d'un copain. Ca gazait, c'est tout ce qu'il lui fallait. Pas tout à fait. Elle avait besoin que je lui fournisse un « projet d'insertion ».

- C'est quoi ? j'ai demandé.

- Quelque chose qui prouve que vous êtes de bonne volonté, que vous voulez vous en sortir. C'est nécessaire pour obtenir une aide. Vous comprenez, je dois leur fournir du concret.

- Bon, j'ai dit. J'écris et je cherche à devenir un écrivain riche et célèbre.

- Ça ne marche pas elle a dit. Quelque chose de plus... Elle cherchait le mot qui convenait. Bon Prince je l'ai aidée.

- Sérieux ? j'ai dit.

- Oui, si vous voulez...

- Alors écrivez que je suis aussi comédien et que je cherche à obtenir le statut d'intermittent du spectacle. C'est bon ça ? C'est assez « sérieux ? »

- Ca devrait aller, elle a dit. Et vous comptez vous y prendre comment ?

- Ben faut que je joue quarante-trois fois dans l'année.

- Et vous jouez en ce moment ?

- Ouais, une fois tous les deux ou trois mois.

- Ah...

- Ben oui, je ne suis pas plus célèbre comme acteur que comme écrivain.

- Et vous avez des projets ?

- Plein.

- Par exemple ?

- Je viens d'écrire une pièce que je vais proposer dans les théâtres.

- Bien... Et vous croyez que vous arriverez à la placer ?

- Non.

- Non ??!

- C'est très difficile quand vous n'êtes pas connu. On ne vous répond même pas. C'est comme quand vous envoyez un manuscrit. Tout le monde s'en fout. Pour être reconnu faut commencer par être connu.

- Je vois...

Je ne crois pas qu'elle voyait grand-chose, mais elle a enchaîné :

- Et vous avez publié des livres ?

- Oui.

- Quoi ?

- Des romans, des nouvelles, des trucs.

- Vous pouvez le prouver ?

- Oui.

- Et vous comptez republier ?

- Dès qu'un éditeur s'intéressera de nouveau à mon travail, oui.

- Ah... Vous n'avez plus d'éditeur...

- Non. Ils ont fait faillite.

- Ils ?

- Oui. Trois sur quatre.

J'ai bien senti qu'elle avait envie de demander si c'était de ma faute, si par hasard je ne leur porterais pas un brin la poisse, mais elle s'est abstenue.

- Et le quatrième ?

- Il me publie plus.

- Vous savez pourquoi ?

- Faut croire qu'il n'aime pas ce que j'écris. Faudrait le lui demander. C'est peut-être parce qu'il a été racheté par un gros et qu'il a reçu des consignes. Allez savoir. En tout cas il refuse mes bouquins.

- Et ça fait longtemps que vous n'avez plus publié ?

- Trois ans.

- Ah... Je vois...

Elle voyait décidément beaucoup de choses qui me restaient invisibles.

- Et vous faites quoi d'autre à part écrire ?

- Je vous l'ai dit. Je suis comédien.

- Rien d'autre ?

J'allais lui dire : « et vous ? » mais je me suis contenté de :

- C'est suffisant pour remplir une vie. Mais j'ai fait un tas de boulots avant. Et pendant aussi il fut un temps. J'ai élevé mes gosses. Je me suis occupé du ménage, de la vaisselle, de toutes ces choses. Un homme au foyer quoi. J'ai aussi fait le ramassage scolaire pendant sept ans et de temps en temps un boulot de maçonnerie, travaux des champs. Je ne peux plus, j'ai le dos cassé. Et j'ai écrit trente-six bouquins. Le trente-septième est en cours.

- Tous publiés ?

- Non. Quatre. Les romans je veux dire. Y'a eu aussi des collectifs. Des nouvelles dans des revues. Mais ça ne paie pas. Pas chez nous.

- Je vois... Vous avez combien d'enfants ?

- Deux.

- Quel âge ?

- 19 et 17.

- Ils sont avec leur mère ?

- Oui et non. Ils font des études. Ils rentrent de temps en temps. Le Week-end. Pas toujours.

Elle notait tout ce que je lui disais sur une feuille volante.

- Et vous n'avez pas songé à donner des cours ?

- Des cours ?

- Oui, de théâtre, des ateliers d'écriture, vous voyez ?

- Oui, on me le dit tout le temps, ma femme me poussait à le faire. Et aussi à écrire des articles dans les journaux.

- Et alors ?

- Je ne suis pas journaliste et je n'ai rien à dire sur le monde. Pour le reste c'est pas mon truc. Je ne crois pas que ça s'apprenne.

- Mais vous pourriez essayer !

- Non, je ne crois pas. Je pense que ça ne sert à rien. On n'a jamais vu un comédien ou un écrivain sortir de là. Si on veut écrire on écrit, c'est tout. Et jouer c'est pareil. J'ai jamais pris une heure de cours. Faut juste avoir quelque chose dans le ventre.

- Mais il ne s'agit pas de fabriquer des écrivains. Il y a des gens qui en ont besoin pour... apprendre à s'exprimer, se sentir mieux dans leur peau...

- Qu'ils aillent voir un psy. Je ne suis pas péda-gogue. J'écris et je joue, c'est tout ce que je sais faire.

- Vous pourriez faire partager votre expérience, non ?

- Non. Je n'ai rien à dire sur le sujet. Rien à transmettre. Je veux juste écrire des livres qui se vendent un peu et jouer chaque fois que c'est possible. Comme ça je ne demanderai rien aux services sociaux.

- Et vos livres se sont vendus ?

- Un oui, les autres non. Très mal.

- Vous n'avez donc pas gagné beaucoup d'argent.

- Sans doute moins en vingt-cinq ans que vous en deux mois. Mais j'ai obtenu une bourse du CNL.

- Et alors ?

- J'ai acheté un ordinateur pour ma femme et mes gosses et le reste est parti sur le compte commun... Grignoté. De toute façon ce n'était pas assez pour tenir toute une vie. Un mois ou deux.

Je ne crois qu'elle ait noté ce genre de choses. Elle m'a fait signer des papiers et m'a dit que j'aurais bientôt des nouvelles. Les éditeurs vous disent la même chose : vous aurez des nouvelles. Généralement elles sont mauvaises. Je suis sorti et suis allé prendre une bière au bar le plus proche. Je suis tombé sur deux ou trois types que je croise parfois à qui j'ai demandé s'ils connaissaient une piaule à louer. Non, mais si etc... Je m'attendais à la chanson, mais il fallait bien choper le truc par un bout à présent que je m'engageais dans une nouvelle vie. Et puis je suis rentré à la maison et j'ai fait un compte-rendu détaillé de mes démarches à ma femme. Elle a encaissé le coup assez durement. Je ne crois pas qu'elle s'attendait à ce que je la prenne au mot. A ce que je fasse ce que j'avais envie de faire depuis des années, à savoir vivre seul et écrire quand ça me chante, sans avoir de compte à rendre à quiconque, écrire toute la nuit si ça me prend et le jour et aussi entre les deux, me lever quand je veux, pisser dans le lavabo, aller vers une galère certaine mais sans contrainte aucune, autre que celles que je m'impose, picoler sans subir de reproches et ne plus avoir en permanence cette pression du pognon à gagner ! Elle s'attendait certainement pas qu'à cinquante-cinq ans j'ai les couilles de préférer les 31 mètres carrés de la piaule que je me suis enfin dégottée au troisième étage d'un immeuble vétuste, étouffante en été, glaciale en hiver, au confort d'une maison à la campagne sur deux étages avec cour et jardin et vue imprenable sur les montagnes environnantes avec sécurité matérielle assurée jusqu'à la fin de mes jours en y mettant un peu du mien, oui, mais à quel prix ! J'ai bien senti que je pouvais faire machine arrière parce qu'elle n'arrêtait pas de dire que c'était mieux ainsi et qu'on n'arrivait plus à vivre ensemble et que c'était dommage et que si j'avais bien voulu faire des efforts ça ne se serait pas passé comme ça et j'étais d'accord avec elle qu'on n'avait pas tout raté, nos gosses s'en sortaient bien et c'était ma foi une grande satisfaction et un souci en moins et oui, maintenant qu'ils n'étaient « presque » plus là, « presque » adultes, on pouvait envisager une séparation sans traumatismes et qu'on allait devenir les meilleurs amis du monde, finalement on allait apprendre à vivre l'un sans l'autre mais sans rupture réelle, seulement les choses ne se passent pas ainsi, plusieurs mois ont passé et nous ne nous voyons plus que très rarement, quand je vais chercher les gosses au train ou au bus pour les ramener chez elle et elle m'en veut de ne pas lui donner plus souvent de nouvelles et que nous ne fassions jamais rien ensemble et lorsque je la vois elle pleure et dit que la solitude lui pèse et qu'elle aurait tellement souhaité que nous ayons une autre forme de relation de couple et c'est bizarre parce que ça me touche de voir pleurer cette femme que j'ai profondément aimée, mais je me suis éloigné d'elle, j'ai mis une distance infinie entre nous, ça s'est fait tout seul, simplement j'ai commencé à ne plus téléphoner souvent puis à ne plus y penser du tout et à mes enfants aussi j'essaie de ne plus trop penser parce que je sais que c'est par là que passe leur liberté, et j'ai donc oublié au fur et à mesure que je prenais à bras-le-corps ma vie de célibataire et que j'adorais de plus en plus cette solitude et ne rien faire parfois pendant des heures, allongé sur mon lit ou écrire ou boire une bière ou un verre de vin, écouter de la musique, lire, regarder par la fenêtre, le jour la nuit presque pareils, le calme de ma vie, rien d'exaltant, juste sentir ce truc, la vie, me traverser et oublier ces conneries de « bonheur », voir la vieillesse qui se pointe à toute allure, le temps qui vient à ma rencontre, fond sur moi et le perdre comme ils disent, et juste être bien ou simplement pas mal entre de plus grands moments, et se foutre du spleen, de la déprime légère de certains soirs, en rire en contemplant cette mascarade qui dure depuis bientôt cinquante-cinq ans et dont il ne reste plus grand-chose, appeler un copain, discuter, salut ça va oui et toi super je me sens en pleine forme je ne me suis même jamais senti aussi bien tu veux que je te dise je me sens IN-DES-TRUC-TI-BLE !

Faire de son mieux

Parfois elle vient, pas très souvent. Elle est radieuse, elle rit d'un petit rire étouffé tout à fait charmant et je suis heureux de provoquer cette joie en elle. Mais je sais aussi qu'elle est inquiète parce que je ne suis pas un type rassurant, je n'ai rien à offrir de ce que les femmes attendent en général d'un homme. Je viens juste de quitter ma femme et j'entends désormais vivre seul. Mais elle dit qu'elle est différente et qu'elle ne demande rien, alors je dis je te crois, je n'ai pour l'instant aucune raison de ne pas la croire, mais j'ai l'expérience pour moi et je veille au grain. Nous faisons l'amour, elle aime beaucoup faire l'amour avec moi, je ne sais pas pourquoi je lui plais, j'ai quinze ans de plus qu'elle, je ne suis pas beau, mon ventre et tous mes muscles ont fondu avec les années à rester le cul sur une chaise à écrire, je fume et j'aime bien picoler, je ne prends rien au sérieux, je me moque d'à peu près tout, des fois je ne réponds pas au téléphone ou je dis que je n'ai pas le temps, je ne la traite pas très très bien je crois, je ne veux pas vivre avec elle ni m'occuper de ses gosses, je ne veux même pas les connaître et quand son mari a fait une sixième tentative de suicide je lui ai dit qu'à six on avait droit à un tour gratuit, je suis cynique avec cette histoire de suicides à répétition, certains jours je pense à lui offrir ce bouquin « suicide mode d'emploi » pour qu'elle le lui donne, elle a peur de me perdre, elle le dit et je la crois et je ne sais toujours pas pourquoi, je n'ai pas réussi dans mon boulot d'écrivain, elle dit que je suis bon et elle a raison, je suis le meilleur et comme comédien non plus je n'ai pas réussi, mon nom ne s'étale pas à la Une des journaux ni au fronton des grands théâtres, j'ai commencé tout ça beaucoup trop tard peut-être va savoir ou bien c'est que je m'en fous, je ne me vois pas faire des ronds de jambe ou traîner dans les salons où l'on cause en espérant y faire des rencontres qui changeront ma vie, j'aimerais juste gagner un peu de fric avec ce que je fais pour qu'on me foute la paix aux ASSEDIC et ne plus avoir besoin de l'aide sociale, toute cette paperasse, ces questions à la con aux-quelles je ne sais pas répondre, j'essaie juste de faire quelque chose avec ma vie, qui ne me dégoûte pas trop, merde je suis un type debout, je n'ai pas peur de la pauvreté, je suis pauvre et ça n'a rien d'effrayant, je me fous de la notoriété, j'aime bien descendre chez Ali dans ma rue me taper un demi avec un pote ou deux et des fois tout seul comme tout à l'heure au milieu de cette nouvelle, je n'avais plus rien à boire ici sinon du café ou de la flotte au goût de Javel, et que personne ne sache que j'écris, personne pour me poser de questions sur ce que je fais dans la vie, merde je ne fais que passer comme tout un chacun et aussi je fais de mon mieux comme disait l'autre allumé de Hunter S. Thomson et les grands moments ne sont pas si nombreux qu'il ne faille se tenir prêt à les accueillir, c'est rien, presque rien, ça ne ressemble à rien, c'est juste des trucs qu'on éprouve, fugaces et forts comme de la gnole, ça vous ramone ce que les gens appellent l'âme et vous fait monter les larmes aux yeux sans que personne autour de vous n'ait rien vu, vous êtes tout seul avec cette chose comme vous êtes seul sans elle la plupart du temps et c'est seulement *ça* qui vous fait tenir encore un peu, savoir que *ça* existe et que *ça* reviendra sûrement puisque c'est déjà venu un certain nombre de fois et qu'alors et alors seulement vous vous êtes senti VIVANT, quelques secondes, quelques minutes, mais que *ça* reste comme une aura de lumière au fond de la rétine quand elle s'éteint, une image tenace et brève pourtant et ensuite quand on a fait l'amour je lui lis des textes, des auteurs que j'aime, de la poésie, Brautigan, Bukowski ou mon pote qui habite à 4 numéros de chez moi et qui est sublime souvent, elle ferme les yeux et écoute, elle ne s'en lasse jamais, je ne sais pas, elle doit aimer ma voix, à d'autres moments je mets de la musique, je n'ai plus envie de lire et pas sommeil, c'est quelquefois elle qui l'a amenée cette musique et il y a des morceaux vraiment très bons, elle a le don de me surprendre, c'est peut-être la raison pour laquelle je lui ai fait une place dans ma vie de solitaire, que je lui permets de temps à autre de mettre un pied sur mon territoire, elle écrit aussi des poèmes et il y en a qui sont plus que corrects, avec du mordant, pas des trucs à la mords-moi-le-nœud, du rythme et de la musique et des choses qui sont dites et qui sont justes et parfois, pas toujours, j'aimerais bien qu'elle reste toute la nuit à me masser le dos que j'ai douloureux mais en général elle repart vers deux ou trois heures du matin, ou minuit et je vois les feux arrière de sa voiture qui s'éloignent et je rentre à pied du parking où je l'ai accompagnée et je gravis à nouveau mes trois étages et je bois une bière ou un verre de vin et ensuite me mets à écrire ou je m'allonge et je lis ou écoute de la musique et il m'arrive de m'endormir comme ça et de me réveiller à cause de la lumière du jour sur la figure ou des gosses qui braillent dans la rue vers les dix ou onze heures et je suis seul. Et heureux de l'être. Et ce sont presque de GRANDS moments.

Une lecture de poésie

Il y avait ce type qui lisait ses poèmes, des trucs vides, sans vie, redondants, mal foutus, chiants à mourir, mais je suis resté parce que j'étais avec deux amis et que l'éditeur en est un aussi. C'était des trucs qu'il devait publier bientôt, merde je me disais, comment on peut publier CA ! L'autre lisait en insistant bien sur certains mots comme si on était des débiles profonds incapables de comprendre la profondeur de sa pensée. Il s'écoutait lire comme il s'était regardé écrire, avec une grande satisfaction de lui-même. Je baissais la tête et tentais d'oublier où je me trouvais. J'avais envie d'une bière. Et il ne finissait plus. Personne n'applaudissait parmi l'assemblée clairsemée, même par politesse, je crois que sinon je les aurais tués. Ça ne semblait pas le gêner, il enfilait ses textes les uns dans les autres comme des pailles dans le cul des mouches et ça ne décollait pas mieux.

Finalement il a dit bon je crois que j'en ai assez lu. Il se trompait, il en avait trop lu et ce depuis le premier mot. Déjà qu'il nous avait pompé l'air pendant une demi-heure en nous expliquant la larme à l'œil combien il était primordial de travailler main dans la main avec l'éditeur à la conception - choix du papier, des caractères - et confection de l'ouvrage, *cousu à la main* ! De la merde enveloppée dans de la cellophane reste de la merde ! Et quand la poésie pue le rance, c'est une abomination.

Plus tard on s'est retrouvés au bar avec mes deux potes et le poète et l'éditeur nous ont rejoints. On était tous les trois d'accord pour dire qu'on s'était fait chier comme des rats morts. Je n'assiste JAMAIS aux lectures de poésie, c'est TOUJOURS chiant à mourir. A croire qu'ils choisissent volontairement ce qu'il y a de pire pour en dégoûter les gens. Des trucs dont on ne voudrait pas pour se torcher le cul. Un bulletin de vote serait moins salissant.

Le poète était au demeurant un type sympa et je me suis bien gardé de faire la moindre allusion à sa lecture. Je buvais mon deuxième demi en discutant de tout et de rien avec un de mes potes. Mais il s'est mis à parler de ses « élans créateurs », des conneries de ce genre, en me prenant à témoin. Je ne l'écoutais pas, mais il insistait, cherchait mon approbation.

« Avant d'écrire, il a dit, je me mets en condition en faisant de la méditation, et quand je suis prêt, que je sens la poésie couler en moi, je m'y mets, je suis comme en transe. Et toi ? »

- Moi je baise si je peux ou je me branle. Ca évacue le trop-plein d'énergie sinon je casse le clavier.

Il a ouvert la bouche en forme de O, puis il s'est mis à rire jaune en se demandant si je déconnais ou si je me foutais de sa gueule. A votre avis ?

« Tu comprends, a-t-il poursuivi, je dois trouver le chemin dégagé qui m'emmène au centre de moi-même... »

- Ouais ? Ben moi j'ai un coupe-coupe gros comme ça, j'ai fait en mimant un type qui tient un truc de soixante centimètres de long et le brandit au-dessus de sa tête, affûté comme un rasoir et je taille à grands coups dans une forêt vierge, je sais pas où je vais mais je sais que si j'avance pas je crève. C'est ma méthode. Kess t'en dis ?

- Ben... chacun la sienne... J'ai une théorie...

Je l'ai coupé :

- Moi j'ai pas de théorie, sur rien. Je sais pas ce que c'est qu'écrire, je sais pas ce que c'est la poésie. Je sais seulement qu'il importe de vivre. Le reste ne m'intéresse pas. J'suis pas un type intelligent, j'suis pas cultivé, j'ai pas lu truc et machin, je lis pas les journaux, je regarde pas la télé, j'écoute pas la radio, je m'intéresse pas non plus à la façon dont est conçu un livre. A quoi il ressemble. Si l'éditeur veut que ça soit un bel objet, libre à lui, moi je m'en fous. Ça changera rien à ce qu'il y a dedans. C'est juste du marketing.

- Ben quoi, t'aimes pas quand la forme et le fond...

- Si c'est le cas c'est super. Et en plus je m'emmerde toujours dans les lectures.

Il a avalé sa salive :

- Désolé de t'avoir emmerdé...

- Personne m'a obligé à venir. Ni à rester.

Heureusement il ne m'a pas demandé si je m'étais *particulièrement* emmerdé à sa lecture parce que je n'aurais pas su que répondre. C'était oui, mais je n'avais pas envie d'en parler, je pensais simplement qu'il y a des jours où en effet mieux vaudrait rester chez soi à se branler, ou prendre une cuite ou se coller derrière la machine et écrire.

La fille de vingt ans
qui ne veut pas montrer son visage

On a sonné. J'étais au lit, dans les vaps. Depuis quelques jours ça n'allait pas très fort, des étourdissements qui manquaient me foutre par terre dès que je faisais trois pas dans la rue. J'étais légèrement inquiet. L'idée de mourir ne m'est pas infiniment désagréable, mais bon. C'était peut-être le début de la fin, un truc qui avait pété dans le cerveau comme la fois où j'avais perdu la mémoire des 27 années passées à cause d'un accident vasculaire cérébral mineur et j'allais pas tarder à me transformer en légume et en plus je souffrais d'un terrible mal de dos, je dormais mal, mais tout ça n'était peut-être au fond dû qu'à la fatigue ou au fait que je me nourrissais mal, allez savoir. J'ai cru que c'était mon voisin, Sylvain, celui qui écrit, c'est une des rares personnes à qui ma porte est ouverte jour et nuit parce qu'on sort toujours transformé d'un moment passé avec lui et qu'il ne faut rien négliger dans cette vie qui la plupart du temps manque d'attrait. Mais c'était Jean-Marc, un type qui écrit des contes et qui va les dire chaque fois qu'il peut devant un public clairsemé. Pas mal d'ailleurs, pleins d'humour et de bon sens. Je lui ai balancé la clé par la fenêtre, à l'intérieur d'un gant de toilette. Sur le toit, de l'autre côté de l'impasse, presque à portée de caresse, il y avait un chat roux qui guettait un pigeon perché sur le faîte. Mais on aurait dit un jeu déjà ancien entre eux et parfaitement huilé. Le chat avançait d'un pas. Le pigeon reculait d'autant ou faisait un petit tour d'ailes et revenait se poser exactement au même endroit.

Une minute plus tard Jean-Marc était devant moi qui titubais et cherchais à reprendre mes esprits. Je n'avais plus rien à boire qui soit digne de ce nom, ainsi le malheur frappe-t-il toujours deux fois. Il avait quelques minutes à tuer, sa nana était chez le kiné ou je ne sais trop qui et il regardait sa montre avec fébrilité, pas se mettre en retard, l'engueulade au bout, je la connais, une emmerdeuse qu'il essaie de quitter en vain depuis des années. Pas le cran on dirait, mais je ne lui en voulais pas, ayant moi-même tourné autour du pot assez longtemps. Parfois les hommes se ressemblent un peu.

Sur le toit les deux bestioles continuaient leur jeu de pigeon-vole-mais-pas-trop. J'avais une toute nouvelle cafetière, une italienne, qu'un copain m'avait offert quelques jours plus tôt. Les hommes savent faire des cadeaux utiles. Je l'ai remplie de café et d'eau et mise sur le gaz, puis je suis allé poser mes fesses sur le canapé inconfortable qui faisait partie du décor quand je suis arrivé. Un truc dégueulasse qui bouffe toute la place et pourrait servir de deuxième lit au cas improbable où quelqu'un viendrait dormir chez moi et si on avait l'espace nécessaire pour le déplier.

A propos de tourner, c'est ce que Jean-Marc s'est mis à faire et puisque chez moi c'est tout petit comme je l'ai dit il tournait quasiment sur place comme un putain de derviche perdu dans une transe sans objet. Il avait un truc en tête, mais quoi ?

Il s'est fendu d'un grand sourire :

« J'ai une grande nouvelle ! » a-t-il annoncé.

Je me suis dit tiens il va peut-être publier ses textes, mais ce n'était pas ça. Maintenant, le chat tournait le dos au pigeon, lequel essayait d'attirer son attention en roucoulant. La cafetière commençait à siffler mais je ne me suis pas levé. Un poignard me pénétrait entre deux côtes chaque fois que je tournais le buste dans le mauvais sens. Et j'avais toujours ces putains d'étourdissements.

« Je t'annonce que je suis virtuellement amoureux ! » a dit Jean-Marc.

Il était content de lui. Heureux comme un marmot à qui l'on vient d'offrir le dernier gadget à la mode. Oh oui, on sentait bien à son rayonnement combien l'amour l'enveloppait de sa grande aile blanche. Heureux comme ce petit malin de pigeon qui venait de jouer un bon tour au matou en le laissant approcher presque à portée de griffe et en faisant un tououuut petit bon de côté.

« ????!!! » j'ai fait.

- Oui, je suis amoureux d'une fille sur internet !

- ???!!!! Ah bon...

Merde, j'ai pensé, il vient tout de même pas me tirer du lit pour me raconter ces salades ! Mais si. Fallait que quelqu'un sache, et j'étais la cible idéale à ce qu'il semble.

- Putain Jean-Marc, je suis mal en point. J'ai pas de temps à perdre à écouter de pareilles conneries ! Je tiens à peine debout. Tu veux un café ?

La cafetière sifflait tant et plus. Je suis allé éteindre le feu, j'ai pris deux tasses mais il n'en voulait pas. Il voulait juste que j'approuve ses nouvelles fiançailles, ou que je sois témoin à son prochain mariage, que sais-je ?

- C'est une bonne baiseuse au moins ? j'ai demandé. Elle est mignonne ?

Il a ri jaune, de plus en plus gêné, s'est tortillé sur place, regardant sans arrêt sa montre :

- Je sais pas... On ne s'est jamais vus...

Je n'avais pas envie de rire, les pires drames sont assez concevables, les guerres, les famines, les boulever-sements cosmiques ou les raz-de-marée. Mais rien ne m'amuse moins qu'un homme qui gâche le peu d'instants de bons qu'on a sur cette terre en regardant ailleurs qu'où il marche.

- Elle a quel âge ta merveille ?

- Vingt ans...

- Ben tiens... Et vous comptez vous rencontrer ? C'est pratique pour faire des gosses. Parce qu'à vingt ans elles veulent toujours des gosses, tu le sais, ça !

Il était gêné, ne s'asseyait pas, regardait sa montre. Je me suis servi un café. J'aurais préféré une bière, ou un verre de vin. J'aurais préféré être dans mon lit. J'aurais mieux aimé ne pas avoir mal au dos et que mes vertiges disparaissent. J'aurais bien voulu que ce con de chat se chope enfin cet enfoiré de pigeon. Il est passé d'un sujet à l'autre.

- Elle a jamais voulu.

- Quoi ? Faire des gosses ?

- Non, tu sais bien. Me rencontrer.

- Je peux pas lui donner tout à fait tort.

Regard à la montre.

- Pascale est chez le kiné, je dois la prendre à la demie... Elle dit que c'est mieux ainsi, que ça garde le mystère.

- Qui ça, Pascale ? J'ai bu un peu de café. J'avais envie d'une bière, de dormir, d'être seul, d'encourager le chat.

- Mais non. ELLE.

- Et elle en pense quoi ?

- Je te l'ai dit, elle...

- Non, Pascale.

- T'es fou, elle sait pas, elle me tuerait !

- Donc tu passes ton temps sur internet à draguer des inconnues que tu verras jamais et sans rien lui dire, c'est ça ?

- Ouais.. non ! Je drague pas... C'est vachement sympa ! C'est très enrichissant les forums.

- Tu sais que les rues sont pleines de   gens ? Tu le sais, ça ! Comme les toits sont pleins d'animaux, pas la peine d'aller au zoo. Tout est là.

Je ne suis pas sûr qu'il ait compris de quoi je parlais. Il a suivi son idée :

- C'est pas pareil... Tu peux pas les aborder comme ça... Et toi, comment tu t'en sors ?

- Impec. Je suis vachement bien tout seul. J'adore être seul. Personne ne vient m'emmerder, en général. Et d'ailleurs depuis que je suis seul je rencontre des tas de gens intéressants. Et je me fais draguer t'as pas idée. On dirait que j'ai tout à coup un charme que je ne me connaissais pas. Et sans sortir de ma rue. Je me suis fait des potes, on boit des coups, j'écris. Tout va bien. Tu vois, pas de télé, pas de journaux, pas besoin d'internet, de portable, je déteste avoir un fil à la patte...

J'ai laissé passer un moment tout en finissant mon café. Je savais que ça allait me déglinguer un peu plus, ainsi que le cigare que j'ai allumé, un barreau de chaise. Il disait toujours rien. Moi si. Je ne voulais pas le mettre à la porte, allez savoir pourquoi, je l'aime bien et on a eu de grands moments ensemble à une époque. J'ai fait semblant de m'intéresser à ses amours virtuelles.

- Et alors, ta copine là, la fille de soi-disant de vingt ans, tu as quand même l'intention de la baiser, non ? Comment tu vas t'y   prendre ?

- Non !!! C'est pas ça...

- Tu me dis que t'es amoureux, ça veut dire que tu veux la baiser, oui ou non ? Me raconte pas de salade ! Au fait, tu en es où dans tes recherches de piaule ? Parce que tu as toujours l'intention de quitter Pascale ou c'est plus le cas ?

- Oui, oui...

Il a regardé sa montre, nerveux :

- Faut pas que je tarde, elle sort à 16 heures trente et elle aime pas attendre...

- Je sais...

Je me suis re-servi un café. La fumée de mon cigare l'étouffait. J'ai fermé la fenêtre. Il a regardé de nouveau sa montre :

- Faut que j'y aille, il a fait.

- Salut, j'ai dit. J'ai claqué la porte sur lui, enfilé des chaussettes et des godasses et je suis descendu boire une bière chez Ali. Il parlementait au téléphone, refusait de servir des repas avec les restes de la veille. Toujours aussi souriant. Il m'a dit qu'il fallait avoir le respect de soi-même, après avoir raccroché le téléphone. Comme ça on pouvait dire aux gens ce qu'on pensait en les regardant dans les yeux. Un type intéressant. Et qui fait un couscous du tonnerre, qui a toujours un paquet de cigarettes dans un tiroir pour vous dépanner alors qu'il ne fume pas et chez qui on peut acheter un litre de vin à n'importe quelle heure quand on en manque. C'est ce que j'ai fait.

J'ai bu une deuxième bière, je suis remonté, j'ai quitté mes godasses et j'ai allumé l'ordinateur, j'avais toujours mal aux reins et mes vertiges revenaient. J'ai hésité à me remettre au lit.

Et puis j'ai écrit ça.

Seul avec la lumière

la lumière est plus belle

chaque jour

même quand le ciel est bas

et gris

ou qu'il pleut

ou

qu'il fait froid dans ma chambre

comme aujourd'hui

tandis que j'écris

ces mots

les pieds emmitouflés dans une veste en cuir

oui

chaque jour la lumière

qui recouvre le monde

est dense davantage

et féconde

et riante

et la nuit elle-même

produit sur moi un effet

lumineux

le noir n'est plus jamais

aussi noir qu'il le fut

et je me dis qu'un jour

bientôt peut-être

je mourrai

en pleine lumière

que ce soit le jour ou la nuit

ou que ce soit

ailleurs

et comme aujourd'hui

je serai

seul

Certains font seulement ce qu'ils ont à faire

comme la fois où

la télé avait un peu parlé de moi

les journaux aussi

les locaux et les nationaux

mais c'était

comme si l'on parlait

de quelqu'un d'autre.

je ne me reconnaissais pas

dans ces images.

j'étais invité dans une librairie d'Aix en Provence.

un tas de types

que j'avais connus

dans mon enfance

étaient venus

se faire dédicacer un livre.

des types dont

l'univers littéraire

se résumait

à

des revues sur la chasse et la pêche

ou peut-être

plus sûrement

celles avec des filles

nues

au sourire glacé

figées dans des poses lascives

tout le monde n'accède pas à la lumière.

le soir on s'est retrouvés

dans le bistro où l'on passait

des après-midi à jouer

au baby-foot

jouant sur le juke-box

les dernières chansons

à la mode et que je détestais

ce bistro

qu'un de mes copains d'enfance

avait racheté.

dans ma jeunesse

j'en avais très sérieusement

pincé pour celle

qui devait devenir sa femme et

qui se tenait là

discrète

effacée

souriante

et je me demande si mon cœur

ne doit pas sa faiblesse d'aujourd'hui

d'avoir battu trop fort

à cette époque.

et bien sûr

il n'y avait jamais rien eu

entre nous

sinon une certaine gêne et

d'inoubliables balades

au cours desquelles

je me promettais

semaine après semaine

d'oser lui prendre la main.

donc nous étions là à boire

quelques verres

à réveiller un passé

qui me semblait appartenir à d'autres

que nous

comme on évoquerait les acteurs

et les scènes

d'un film en noir et blanc

qui aurait mal vieilli.

il y avait là Claude

quarante ans comme moi

qui buvait mais

se tenait à l'écart

des conversations.

un peu le pendant de mon amoureuse d'antan.

il avait été un ami, mais

plus de 20 ans avaient passé depuis

que nous nous étions vus la dernière fois et

nous aurions sans doute eu à nous dire

dans la solitude d'un tête à tête

seulement

deux ou trois parmi ce groupe

d'anciens combattants (c'est ce à quoi ils faisaient

penser)

entretenaient un verbiage qui

n'intéressait qu'eux-mêmes

fait de pitoyables anecdotes et pitreries que

je ne reconnaissais pas comme miennes.

puis il est parti

aussi discrètement

qu'il s'était tenu parmi nous.

quelques jours plus tard

j'ai appris

qu'après être rentré

chez lui

ce soir-là

il avait solidement accroché un

fusil de chasse

face à la porte d'un cabanon

qu'il avait dans son jardin

la détente reliée par

une ficelle à la poignée et

qu'il avait délibérément

ouvert la porte.

il n'avait pas laissé un mot

personne n'a jamais su le pourquoi

de ce geste.

tout allait bien pour lui

c'est ce que disaient les gens

et qu'ils continuent

à dire

aujourd'hui.

en l'occurrence

la lumière ne se fait pas

sur les tombes.

quelques années plus tôt

il avait sauvé un enfant

de la noyade

au cœur d'un hiver

glacial

en se jetant tout habillé dans

un canal où

le môme était tombé

on avait retrouvé la mère

noyée

quelques dizaines de mètres

plus bas

coincée

contre une vanne

il n'avait pas eu la force de

la sauver à son tour.

il semble qu'elle n'avait pas vu

mon copain

plonger

pour sauver son fils

et que

prise de panique

elle avait sauté

dans l'eau glaciale

de cet interminable et glacial hiver

on disait qu'elle

ne savait pas nager et que

le courant était très violent

à cet endroit.

les autorités avaient voulu

décorer le « héros »

mais il avait refusé la

médaille en chocolat

qu'on lui offrait

et sa photo

dans les journaux.

il n'en parlait jamais

c'était quelqu'un qui

mesurait mieux que moi

l'inutilité de

se mettre en avant.

il faisait ce qu'il croyait

devoir faire

et peut-être que

ce soir-là il avait

aussi

tout simplement

fait

ce qu'il avait à faire

Certains soirs je mérite des baffes

comme ce soir où je vidais un verre dans le seul bar ouvert cinq jours par semaine jusqu'à trois heures du matin dans cette putain de ville morte. Une ville peuplée de vieillards pleins aux as et d'ivrognes R-mistes qui tous à leur manière attendent la mort en silence.

Je partageais ce verre avec la complicité relative de deux vagues copains qui passaient leur temps à lorgner le cul des filles et à pleurer sur leur triste sort de célibataires, tandis que je regardais en silence le ciel étoilé de cette tendre nuit de fin d'été, dégustant ma bière avec un doux frémissement de l'âme devant la beauté tragique et inutile du monde, quand ces deux types sont arrivés. Ils se sont installés à notre table, riant fort et parlant haut, vanne sur vanne, déjà fort éméchés, pas mal de vent dans les voiles.

Le monde n'avait rien perdu de ses qualités ni les étoiles cessé de scintiller, simplement l'inutilité de cette grâce sautait aux yeux avec encore plus de force, comme subsiste en nous le souvenir de la beauté des fleurs une fois qu'elles ont fané et que ne demeurent que corruption et puanteur. Ma bière n'avait plus ni le même goût ni la soirée le même attrait.

Un de ces deux types est un australien, je crois, ce qui n'a d'ailleurs pas la moindre importance dans le récit que je vous fais. Il vous donne toujours l'impression de se foutre de vous, ce doit être ce sourire qu'il arbore en permanence. Cet air supérieur. C'est dommage parce que j'ai toujours eu envie de le connaître, je suis sûr qu'on pourrait être potes, lui et moi. Boire des bières. J'ai l'impression que cet air qu'il se donne n'est qu'une défense. Contre quoi ? Lui seul le sait, peut-être. L'autre, un type à la gueule ravagée par je ne sais quelle maladie de peau, rit à la fin de chaque phrase, quelle qu'elle soit. Il vous dit bonjour et éclate de rire, mais il se marre aussi à la fin des vôtres. Je sais qu'il est au bar lorsque j'écris la fenêtre ouverte, car son rire sec mesure le temps comme une sorte d'horloge déglinguée. Si encore il se contentait de rire en fin de phrase ! Il ne peut s'empêcher de les entre-couper également de ce qui doit être un tic nerveux. Ça vous donne des trucs du genre : salut Barachant ah ! alors, t'écris toujours ? aah aahhh ! tu bois un coup ?

ahhh ! aahh ! aaahhh ! En plus il parle à toute allure et vous engueule si jamais vous avez le malheur de dire « il faut. » « Ah ah ! je supporte pas qu'on dise il faut ! Aahhh ! Pas IL FAUT ! Jamais dire IL FAUT ! Aaaahhh ! »

L'australien a commandé à boire puis il m'a agressé : « Dis donc Barachant, j'ai une copine qui a lu ton livre... »

- Quel livre ?

- Je sais pas... TON livre... Eh bien elle m'a dit que c'était de la meeeerde !

- Si elle le dit..., j'ai fait.

Je me suis désintéressé de ses propos. J'ai tourné la tête et commencé à parler avec Marc, à qui je n'avais rien à dire de particulier. S'il y a une chose dont j'ai horreur, c'est de parler de mes bouquins, particulièrement avec ceux qui ne les ont pas lus et je me fiche qu'on les aime ou pas. Je suis orgueilleux, mais pas vaniteux. C'est assez de me savoir parmi les meilleurs.

Il est revenu à la charge :

- Eh ! T'as entendu ce que j'ai dit ? Ton bouquin c'est de la meeeerde !

- Eh bien qu'elle lise Proust. Paraît que ça sent bon.

Convaincu dès lors de m'être débarrassé par cette réplique sans faille de cette engeance mal-pensante, je m'apprêtais à téter tranquillement ma bière et à voir de l'intérieur le cul de mon verre, spectacle on ne peut plus réjouissant quand on projette d'en déguster un autre, mais c'était sans compter sur la catastrophique opiniâtreté de ce type d'empêcheur de trinquer en rond :

- Tu t'en fous de ce qu'on pense de tes bouquins ?

- Ouais.

- Ouais ??!!

- J'ai pas de compte à rendre si c'est ce que tu attends. J'essaie juste de boire une bière tranquillement. Lâche-moi la grappe.

- Ah ! Aahhh! T'as raison Barachant, m'a dit le type avec la gueule ravagée et le menton en galoche. Faut pas te laisser emmerder, Aaahh! ah ! Allez, fous-lui la paix, il a dit à l'autre. Qu'est-ce qu'on s'en fout de ses bouquins. Allez, bois un coup, Barachant, c'est ma tournée.

Je ne suis pas particulièrement fier de porter ce patronyme, mais il a cette manière agaçante de prononcer « Barachant », comme s'il disait « Ducon », aussi ai-je décidé qu'il était temps pour moi de rentrer, au lieu de quoi, allez savoir pourquoi, j'ai dit O.K., une pression. Mais il a dit non, tu vas pas boire cette merde, y'a bien mieux !.. et il a demandé qu'on nous apporte des bières dont je n'avais jamais entendu le nom. Je m'en foutais. Je ne connais pas non plus le nom des fleurs ni celui des étoiles, ça ne m'empêche pas de les apprécier et d'aimer en découvrir de nouvelles lorsque l'occasion s'en présente.

« Tu verras, c'est de la bonne ! » et en effet, elle vous coulait toute seule dans le gosier. Des heures plus tard j'enfilais les verres les uns derrière les autres sans me préoccuper de qui payait. C'était pas moi toujours est-il, je m'en suis rendu compte le lendemain en étudiant le contenu de mon porte-monnaie, et tout à coup j'ai senti que j'allais basculer et tomber de ma chaise comme une branche morte, un souffle de vent et j'étais cuit, je me suis levé péniblement et j'ai titubé jusque chez moi sous les quolibets - heureusement il n'y avait que cinquante mètres - en pensant ne jamais y arriver. Plus d'étoiles dans le ciel ni de beauté du monde au fond du cœur, mais des bagnoles qui me barraient le chemin, comme si on les avait garées là tout exprès dans l'intention de me nuire, de m'empêcher de rejoindre mes pénates.

Il faut bien le reconnaître, en dépit de tous les obstacles qui jalonnaient ma route, il y a quelque chose qui protège les ivrognes, sinon comment expliquer que la plupart d'entre eux fassent une si longue carrière et que j'ai tout de même réussi à trouver ma porte et la serrure malgré une vue plus brouillée que par les embruns d'une tempête et à grimper sans me briser un os sur mon lit auquel on accède par une échelle.

Je me suis enroulé tout habillé dans une couverture en espérant, pauvre naïf, que l'alcool m'avait suffisamment abruti pour que je sombre illico dans un sommeil réparateur, au lieu de quoi comme il fallait s'y attendre, les murs et le plafond de ma chambre se sont mis à tourner et mon lit à tanguer et j'ai espéré cette fois, souhaité même, que la mort allait m'emporter tellement j'étais malade, et incapable de vomir et dégoûté et furieux contre moi-même, furieux et révolté contre ma propre connerie et je ne sais toujours pas aujourd'hui pourquoi il m'arrive encore d'accepter de boire avec de tels nicodèmes et de supporter leur balourdise pendant des heures alors que je serais si bien à écrire ou lire ou vider SEUL une bonne bouteille, à mon rythme en fumant un de ces fameux cigares dont il me reste quelques-uns, ne plus penser à rien et contempler par ma fenêtre le ciel étoilé qu'indiffèrent les écrivains et les ivrognes et tout ce qui sur cette terre grouille ou se morfond dans son jus en attendant la pelle des fossoyeurs.

Alcool

Tel une branche près de se détacher de l'arbre, de tomber et de se briser en mille éclats de bois mort. Noueux, sans voix, craintif à l'idée d'un vent trop violent, titubant, le regard vide de tout rêve, déjà dans un ailleurs d'oubli, chaque matin il s'accoude au comptoir et sans un mot Ali lui sert un verre de vin rouge qu'il ne regarde pas. Ce vin l'effraie, l'attire, il n'aime pas le regard des autres posé sur ce verre de vin qu'il ne boit pas. Pas encore. Il n'aime pas ce que chacun sait de lui. Il n'aime pas ce qu'il va faire. Ni comment. Tel un vieillard dans un asile. Tel un malade à l'hôpital. Tel un clochard dessous un pont parmi d'autres clochards. Tel le chômeur dans une file à l'agence pour l'emploi, il se voudrait distinct, autre, celui qu'il a été et qu'on voit celui-là. Il a honte, il sait qu'on ne voit que l'épave. Qu'on oublie l'homme. Qu'on ne voit que ce verre de vin rouge qui aspire à recevoir la lèvre. Il sait ce que la vie désormais très lointaine ne lui épargnera plus. Ce qui plus jamais ne reviendra. Il tourne, lentement, passe de table en table, vides toutes ou presque.

Il observe de près le billard dont personne jamais ne joue. Puis il revient au comptoir, se penche sur son verre dont il tient le pied entre l'index et le majeur, la paume collée au bois, tremblant de tout son bras, de toute sa face creusée de ces sillons d'alcool. Il boit. Enfin il boit, penchant le ballon qui ne décolle pas, pliant des genoux sans force, il boit ce qu'il peut de son verre puis, rapidement, le regard inquiet, désespéré du spectacle qu'il offre il fuit, s'enfuit. Vers un autre nulle part, un autre comptoir. Il reviendra. Toujours il revient. Ce sera tout à l'heure ou ce sera demain. Ou peut-être jamais.

Le prestige de l'écrivain fauché, vivant dans une soupente exiguë sans chauffage, parlez-m'en ! Mirage ! fantasme ! littérature ! Qui voudrait de ma place ? Je vous l'offre illico ! C'est dur d'écrire deux ou trois cent pages. C'est dur. Ou même dix. Ou bien une. Et pourtant ce n'est rien. Ça se fait tout seul. Allez y comprendre quelque chose !

De la cuisson des spaghettis
comme élément philosophique
à l'usage des rebelles et des marginaux

Je voudrais bien savoir pourquoi, lorsqu'on égoutte des spaghettis, il y en a TOUJOURS un qui reste collé à la paroi du récipient dans lequel ils ont cuit.

Un spaghetti rebelle, individualiste, anarchiste, pourquoi pas, répugnant à se mêler à ses frères et à se conformer à la loi du nombre qui veut que les spaghettis descendent tous ensemble, en un bloc mou et compact, légèrement glaireux, vers la passoire où ils vont se libérer de leur eau de cuisson telle une foule s'épanchant d'un stade où elle vient d'assister à la triste débâcle de son équipe favorite ou à un match sans envergure, décevant, nul en un mot, - vainqueurs et vaincus ne méritant pas même la plus basse marche du podium - et se libérer de sa tension en se répandant dans les bars alentours pour se laisser aller à ses abréactions.

Mon frère a-t-il conscience qu'au cours de ma vie j'ai été plus souvent qu'à mon tour ce spaghetti rebelle qui colle de toutes ses forces à la paroi encore chaude de la casserole, isolé, inutile, ne jouant pas son rôle dans le plat commun de la vie et qu'on finit par abandonner là avec des regards pleins de ressentiment en attendant que le repas soit terminé afin qu'on puisse le décoller de force en grattant à l'aide d'un couteau et qui finit lamentablement dans le siphon de l'évier ou à la poubelle sans avoir réalisé son rêve de liberté ?

Canards

Quand il fait beau je vais m'installer à la terrasse du « bar du pont » qui, comme son nom l'indique, se trouve près du pont roman. Il y a une espèce de rivière qui coule dessous, un filet en été, un torrent lorsqu'il a plu. Elle s'appelle « l'eygue », ce qui en provençal veut dire « l'eau ». Original. L'eau je m'en fous. Ce que j'aime c'est regarder les canards qui barbotent. J'adore les canards, je ne sais pas pourquoi. C'est con comme animal. En tout cas ça n'a pas l'air d'avoir inventé l'eau chaude. Il y en a deux bandes. Une de neuf individus et l'autre de treize. J'ai beau les compter et les recompter ils ne sont toujours que treize. Je parle de la bande de treize. Les autres ne m'intéressent pas. Ils sont cons ces treize canards. Ils descendent la rivière à la queue-leu-leu jusqu'au pont et là, au lieu de se laisser glisser de l'autre côté, ils produisent des efforts considérables pour grimper sur une bande de cailloux qu'ils traversent en se dandinant et, un à un, plongent dans un courant très fort qui les emmènent de l'autre côté du pont. Il y a les courageux qui y vont sans hésitation et les autres, les trouillards, qui finissent par plonger quand ils voient leurs congénères s'éloigner, poussés par la peur de se retrouver seuls, isolés. Il leur suffirait pourtant de suivre le courant normal pour se retrouver au même endroit. J'ai beau les observer depuis l'année dernière, je ne comprends toujours pas leur logique. Pourtant, là où ils plongent après avoir péniblement traversé la bande de caillasses, c'est plein de remous, ils tournent et virent dans tous les sens, boivent la tasse, paniquent, battent des ailes, poussent des cris de terreur et finalement s'ébrouent et remettent de l'ordre dans leur plumage lorsqu'ils rejoignent le calme du lit ordinaire de la rivière.

Les autres, la bande de neuf, font pareil. Depuis plus d'un an que je les observe, ils ne sont toujours que neuf et treize comme j'ai dit. A croire que les canards ça ne baise pas. Ou alors des ornithologues sont payés pour leur filer la pilule, je ne sais pas. Ou leur piquer leurs œufs. En tout cas, les pauvres de la rue ne doivent pas avoir si faim que ça, sinon il y a belle lurette qu'il n'y aurait plus de canards. Ou juste un couple pour la reproduction, pour peu que les pauvres aient une certaine conscience écologique. Ou alors c'est que les salauds ne sont pas faciles à chopper et que les mecs sont trop bourrés ou gonflés de haschich.

L'hiver je ne sais pas où ils vont, parce qu'ils n'ont pas l'air de savoir voler. Je parle des canards, pas des pauvres. En tout cas je ne les ai jamais vus voler. Ils battent des ailes, ça oui, mais c'est peine perdue. Des fers à repasser.

Ensuite ils reprennent le chemin inverse, traversent l'espèce de rapide à rebours en se débattant comme des fous, s'ébrouent à nouveau, sur le terre-plein de cailloux, le traversent en se dandinant sans grâce et remontent le courant jusqu'à l'endroit où ils se tiennent la plupart du temps. C'est là qu'ils doivent dormir. Ils font ça à peu près tous les quart-d'heure. Toute la sainte journée. Je ne sais pas de quoi ils se nourrissent parce que je ne les vois jamais pêcher. Je ne sais pas quelle marque c'est de canards, je n'y connais rien en animaux de basse-cour. Ils ont plein de couleurs. Peut-être qu'ils bouffent juste le pain que les touristes leur balancent du haut du pont. C'est pourtant plein de poissons. Des gros. Peut-être trop gros pour leurs petits becs. Je ne sais pas non plus quelle marque. Je n'y connais rien en pisciculture. Je n'aime pas le poisson. Si j'étais canard je ne mangerais que le pain que les touristes jettent du haut du pont. L'hiver y'a pas de touristes je ne sais pas de quoi je me nourrirais. Mais l'hiver je ne les vois pas, les canards. On m'a dit qu'ils immigraient. Mais je ne les ai jamais vus voler. Ils y vont en stop ? En bus ? En charter ? Pas à pied, je les aurais vus au bord de la route et peut-être que je m'en serais fait un, question qu'il n'y en ait plus que douze, rapport à la superstition.

L'autre jour j'étais à boire un coup avec ma copine sur la terrasse du bar du pont, on regardait l'eau. Je lui ai raconté les canards, tout ça. mais ils n'étaient pas là. Pourtant il faisait beau, c'est le printemps. Puis on les a entendus, mais on ne les a pas vus. Ils étaient de l'autre côté du pont. J'ai attendu un long moment sans qu'ils viennent. Du coup je n'ai pas pu les compter. J'étais frustré. C'est vrai, j'aurais pu me lever et aller sur le pont pour regarder de l'autre côté, mais j'étais trop bien assis au soleil et j'ai pensé que c'était aux canards de venir. Je ne sais pas s'ils sont toujours treize. J'espère.

Sinon je vais commencer à me poser des questions sur l'époque de la fraie - je ne sais pas si on dit la fraie pour les canards, l'époque où ils niquent quoi. Et je ne suis pas sûr de trouver la réponse. Et puis s'ils sont plus de treize, je me poserai la question de savoir si ce n'est pas un du groupe de neuf qui les a rejoints. Un déserteur. En attendant bien sûr que le groupe de neuf revienne. S'il revient. Et s'ils sont   dix ? Ou treize aussi ? Et que le groupe de treize se retrouve à quinze, ou dix-huit ? Comment je saurai à quel groupe j'ai à faire ? Est-ce que le groupe de treize est resté im-muable ? Le groupe de neuf a-t-il grossi ? Donc les treize sont-ils ils neuf plus   quatre ?

Je crois que je vais changer de bistro.

Vivre et mourir
C'est du pareil au même

Alors ça se passe comme ça. C'est à dire qu'il ne se passe rien. Je suis là, je bois un verre de vin, je fume une cigarette, puis une autre, je remplis à nouveau mon verre, je tire le vin d'un cubi. C'est bien les cubis, on dirait qu'il y aura toujours du vin, que la source ne tarira jamais. Mais c'est une illusion. Il y a toujours un moment où il faut en acheter un autre. Tout n'est qu'illusion. Le vin comme le reste. Comme l'idée de l'éternité de la vie. Ce truc qui fait que les hommes se prennent tellement au sérieux. Je me mets devant la machine et j'écris. Je tape comme ça vient. C'est le mieux quand on n'y réfléchit pas. Je ne crois pas à ces conneries : la LITTERATURE ! Je ne sais rien faire d'autre. C'est comme jouer. J'aime bien être sur scène. On me parle de trac. Tout ça. Je ne sais pas ce que c'est. Je fais semblant pour pas qu'on me casse les couilles, mais je n'ai pas le trac. J'entre sur scène, je fais mon numéro, et voilà. LE personnage, SA psychologie. De la merde. Ce n'est rien jouer. Ce n'est rien écrire. J'apprends un texte par cœur. Le metteur en scène me dit tu fais ci, tu fais ça, tu te mets ici, tu te mets là, tu fais tel geste. Bien. Je fais comme il dit. Ce n'est pas compliqué. C'est de tout repos. Moi je n'ai qu'à apprendre le texte. Le reste c'est lui qui s'en charge. Je m'amuse. Si ça ne m'amusait pas je ne le ferais pas. Comme écrire. C'est mes doigts qui écrivent, pas ma tête. Moi ce que j'aime c'est ne rien foutre. Mais quelques fois j'en ai marre, alors j'écris. Ou je joue. C'est une autre façon de faire la même chose, c'est à dire rien. Des fois je me jetterais bien par la fenêtre. Ou j'avalerais des pilules. Comme ça, pas par désespoir. Je ne sais pas ce que c'est le désespoir. Ni l'espoir. Ma vie c'est une page blanche. Y'a rien dessus. Un jour ça s'arrêtera et on froissera la page et on la foutra à la poubelle. Basta. Y'a juste un truc qui me facilite l'existence. Je fais semblant. De tout. Aimer, pas aimer, c'est pareil. Alors j'aime. Il y a une femme. Je l'aime. Elle et moi on n'a pas du tout la même notion de ce que veut dire ce mot. Pour elle c'est romantique. Pour moi c'est rien. Je ne sais pas ce qu'aimer veut dire. Je ne cherche pas. Je l'aime. Je lui donne du bonheur à ce qu'elle dit. C'est sûrement vrai. J'en dis autant. Et c'est vrai aussi en quelque sorte. Ce n'est pas confus, n'allez pas croire. C'est juste que la vie ne veut rien dire non plus pour moi. Y'a des moments où je me laisse aller. J'éprouve des sentiments. Ca ne dure pas. Ce n'est ni vrai ni faux. C'est vrai si je dis que c'est vrai. Sinon ce n'est rien. Ce n'est pas faux. Les gens que j'aime ne me manquent pas. Jamais. Je pourrais ne plus les voir. Jamais. Ils ne me manqueraient pas. Et pourtant je les aime. Si je le leur dis ils ne comprendraient pas. Ils croiraient que je suis sans cœur. Aimer pour moi ça n'a aucun sens, ça ne se dit pas avec des mots. Et si je le dis avec des mots c'est pour rassurer. Parce que la personne que j'ai en face de moi attend ces mots. Ne comprendrait pas le silence. Ne comprendrait pas le manque de manque. J'aime bien baiser, mais ne pas baiser ne me manque pas. Elles disent « faire l'amour ». C'est plus romantique. Pourquoi pas. Je sais de quoi je parle, autrefois j'étais exactement pareil. C'était avant que je devienne lucide. Maintenant il paraît que je suis trop lucide. C'est comme publier ce que j'écris. Au fond je m'en fous.

J'ai juste besoin de fric pour vivre et je n'aime pas travailler, alors je préfèrerais en gagner avec ce que j'écris. Mais si on m'en donnait assez pour vivre je n'écrirais sans doute plus, ou juste comme ça, quand l'envie m'en prend, sans penser à rien. J'essaierais même plus de faire lire à quelqu'un. Mais enfin j'aime ça écrire. C'est un bon moyen de ne rien faire. De traverser l'existence. C'est plutôt sympa même si ça n'a aucune espèce d'importance. Je me fous de savoir si je suis bon. Si ce que j'écris a la moindre valeur. Ça ne vaut pas plus que moi. Le monde peut s'en passer. La preuve il s'en passe. Je suis quasiment inconnu et je n'ai jamais vu de manifestations dans les rues pour réclamer à cors et à cris la publication de mes œuvres. Aucun de mes amis n'a jamais écrit à un éditeur pour lui dire que c'était un scandale que mes œuvres ne soient pas plus publiées. Qu'elles manquaient au monde. Les gens manifestent contre la guerre en Irak, contre la faim dans le monde, pour les sans-papiers-sans-logis, contre Le Pen, la peine de mort, contre la suppression d'un jour chômé, la mondialisation, les OGM que sais-je, jamais à ma connaissance pour la publication des œuvres d'un artiste méconnu. (Peintre, cinéaste, danseur, sculpteur, écrivain...) Le monde POURRAIT se passer de l'art. Il a internet. Il a le football. Il a les portables. Les chips, les vacances, la télé, les catastrophes, le SIDA, le cancer, les chiens écrasés, le boulot, les 35 heures, la retraite à 60 ans, le pavillon, le scandale de l'arrêt des vols du Concorde. L'AMOUR ! LA RECHERCHE EFFRÉNÉE de l'Amour !

Moi, j'adore être saoul. Parce que quand je suis saoul je n'ai plus envie de rien et que c'est l'état que je préfère. Déjà qu'en temps normal je n'ai pas envie de grand-chose, là je n'ai plus envie d'écrire, de jouer, de rencontrer quiconque. Juste rester allongé sur mon pieu. Je me sens bien. Je n'ai pas d'états d'âme. Quand je suis saoul j'ai juste envie d'être encore plus saoul. De m'enfoncer dans le sommeil. Et j'adore aussi passer des nuits blanches. Je suis insomniaque depuis des années et J'ADORE ça ! C'est aussi là que je me sens le mieux pour écrire. Comme en ce moment. Laisser courir mes doigts sur les touches. Le pied ! Tout ce qui me passe par la tête. Pas du BOULOT !

Quand je suis en train d'écrire ou de jouer c'est exactement comme les nuits blanches sans écrire. C'est pour ça que je ne suis pas tout le temps saoul. Quand j'écris, c'est comme quand je suis saoul. J'oublie tout. Qu'on vit. Qu'on est mortel. Que tout ça est absurde. Sans but. Sans lendemain. Quand je joue c'est la même chose. C'est comme baiser. J'y vais à fond. Je me vide les couilles. Ou pas. Ça n'a pas d'importance. C'est baiser qui compte. J'aime bien au fond sentir le plaisir du public, ou ses réticences, ses peurs, j'aime bien le conduire là où il n'aurait jamais imaginé aller, en avant, en arrière, devant, derrière, fort, doux, vite, lentement, et aller jusqu'à m'en faire péter le cœur, lui foutre les jetons, penser qu'en effet je pourrais terminer là, tomber comme une branche morte et finita la commedia !

Boire, pas boire, fumer ou pas, c'est pareil, vous comprenez ! Jouer, pas jouer, écrire ou rester dans son lit, c'est la même chose. La vie s'en fout de tout ça. La vie n'a pas de volonté. D'exigence. C'est nous qui en avons. Y'a pas de règle. Y'a pas de devoir. Y'a juste ce qu'on se raconte à propos des règles et des devoirs. Y'a juste notre trouille, l'envie de laisser une trace. Notre peur de la mort. Mais putain les traces c'est fait pour être effacé. Et les traces ce n'est pas nous. Ma trace ce n'est pas moi.

Bien sûr que je l'aime cette femme ! Mais comment lui faire comprendre que si elle n'était pas là, dans ma vie, je ne serais pas malheureux ! Comment lui dire ça sans qu'elle se mette à chialer en disant que je ne l'aime pas ? Que je suis un monstre d'égoïsme ? Bien sûr que je suis égoïste ! Je pourrais vivre seul sur cette terre. Tout seul. Quand je vois quelqu'un que j'aime je suis content. Il m'arrive d'avoir ENVIE de voir quelqu'un que j'aime. J'y vais. Si je ne le trouve pas, je ne suis pas DÉÇU ! S'il est là je suis CONTENT. C'est tout.

Je voudrais ne pas manquer aux gens lorsque je disparaîtrai. Je voudrais qu'ils aient eu leur content de moi et qu'ils comprennent que PLUS c'aurait été TROP. Je voudrais pouvoir m'en aller le jour où je l'aurai décidé sans que personne ne PLEURE.

Mais je crains que ce ne soit trop demander.

Parce que les gens n'ont pas encore admis que la vie n'est pas éternelle. Et que boire ou pas boire c'est pareil, tu l'as eu dans le cul dès ta naissance. Peut-être même qu'un jour j'arrêterai de boire. Et d'écrire. Va savoir ?

Il faudra que j'essaie, pour voir.

Désir

Ce désir, ce désir permanent, douloureux, au moindre regard, ce désir qui envahit tout, bouleverse chacune de mes pensées et les réduit en miettes, fait de moi un idiot, ce désir implacable, l'envie de hurler, je te regarde, je fonds, je mesure la folie, l'impossibilité de t'aimer, cette distance qui nous sépare et se mesure en siècles, la nuit mes pensées, mes rêves, ma torture, ne ris pas du bonheur malheureux que tu lis dans mes yeux, je hurle ton amour de moi qui me tue dans son impossible réalisation, je hurle ta bouche, je hurle tes hanches, je hurle ta peau, je hurle ton sexe, je hurle ta démarche et tous tes pas de danse, je hurle ta voix qui chante mes paroles, je hurle la vaine espérance qui jour après jour mine ma joie de vivre, envahi de haine parfois et d'envie de détruire, qui ? Toi ? Peut-être, peut-être pas. Sûrement pas. Peut-être moi. Oui, moi plutôt. Peut-être la tendresse aussi, qui fait si mal, je hurle les faiblesses qui m'agacent chez toi et que j'aime pourtant, recherche, admire, qui m'irritent et que j'attends espère et vois venir avec bonheur et je voudrais pour ne plus souffrir ne plus jamais te voir et aussi ne jamais être séparé de toi de plus de cinq minutes, secondes, jamais, rien jamais, personne, aucun amour même, ne pourra m'arracher cela du cœur. Et encore je connais ta propre souffrance, ce qui te submerge, ce qui saigne en toi et hurle et où se heurte mon impuissance et nos deux cris quelque part se rejoignent, là où nous sommes, là où nous allons et où nul ne saurait nous atteindre. Quelquefois le vol se brise et l'un de nous tombe en piqué, rattrapé toujours par l'autre, in-extremis. C'est beau, c'est si dur ce que nous vivons au fin fond de notre cachette. Allez, même si c'est dur, souris, nous avons un secret.

J'aime beaucoup les gens
qui disent ce qu'ils pensent

Comme ce soir où nous nous rendions à la salle où devait se dérouler le repas qui clôturait les deux jours d'un de ces salons auxquels on m'invite réguliè- rement, je me demande toujours pourquoi, je crois que les organisateurs et les autres auteurs m'aiment bien, je ne fais d'ombre à personne, n'ai aucune exigence et je ne suis pas le dernier pour lever le coude. Et surtout, je ne parle jamais de mes livres, je ne me tiens guère der- rière mon stand, c'est sans doute ce qui explique que je ne dédicace que deux ou trois exemplaires durant le week-end, de toute façon, je ne sais jamais quoi écrire à un inconnu, je n'ai rien à dire de plus que ce qui a été écrit, j'ai plutôt envie de les prendre par le coude et les emmener au comptoir, qu'ils me parlent d'eux, il y a toujours à boire pour les auteurs et c'est gratuit, là c'était Croze Hermitage, comme chaque année, ça se passait dans une chapelle désaffectée et désinfectée par l'usage qu'en faisait cette bande d'anars dont beaucoup étaient mes copains, ça sentait le joint, ça sniffait dans les coins, l'ambiance était bon-enfant, sans prise de tête, vendre un livre m'importait peu, sinon que mon éditeur était un ami et qu'il galérait, j'aurais bien voulu lui rendre service en lui offrant un best-seller, mais si tu n'es pas là pour causer, poser, dédicacer, sourire, remercier et que tu te contentes de picoler, de passer sur les stands où les copains s'emmerdent en attendant le fan qui va leur dire tout le bien qu'il pense de leurs œuvres tu n'as guère de chance que ça arrive et moi on me plaçait systématiquement, sous prétexte que ce sont de vrais amis, entre deux auteurs célèbres, si bien que même si je restais quelques minutes le cul sur ma chaise, il se formait des files d'attente, une à ma gauche et une à ma droite, les gens passant de l'une à l'autre sans me jeter un coup d'œil pour s'offrir le plaisir d'une dédicace « personnalisée », ce qui leur permettra de dire qu'ils ont rencontré l'auteur et que ce fut un moment intense, magique, un type (ou une nana) chouette vraiment, c'est si bon de se sentir proche d'une célébrité, et donc, nous marchions, JB, l'autre auteur connu et moi-même pour nous rendre à cette soirée, quand JB a tendu mon bouquin à l'auteur connu en lui disant tiens, c'est le dernier livre de Barachant, il l'a pris avec des pincettes, l'a tourné et retourné, ne l'a même pas ouvert, a jeté un œil sur la couverture et dit en me donnant un coup de coude : ah tu as une préface de JB, au moins il y aura quelque chose à lire…

J'adore les gens qui disent ce qu'ils pensent.

Je me demande

Ca faisait déjà plusieurs années que cet ami éditeur me relançait régulièrement pour que je lui donne quelque chose à publier, mais il édite essentiellement de la poésie et moi, je n'écris essentiellement pas de poésie. Il y a déjà suffisamment de mauvais poètes pour que j'en rajoute un à cette interminable et triste liste. C'est comme pour la musique. Je me suis essayé au violon dans mes jeunes années, avec l'espoir de séduire une femme pianiste qui me rendait dingue, puis à la guitare, dans l'espoir encore plus vain d'accompagner un jour un ami sur scène, pour finalement rendre le violon à la prof qui me l'avait prêté et revendre la guitare que j'avais achetée. Il y a déjà suffisamment de mauvais musiciens pour ne pas en rajouter un à cette abominable litanie. Je me contente de lire de bons poètes et d'écouter de bons musiciens, avec toujours ce petit pincement au cœur qui m'étreint lorsqu'ils sont vraiment bons et que je sais être passé à côté de quelque chose qui me passionne. Je parle surtout de la musique.

A l'occasion d'un petit salon qui se tient chaque année dans ma ville, et alors que je traînais mes pas le long des stands, jetant un œil circonspect sur la médiocre production qui s'étalait, il est revenu à la charge. Je ne sais pourquoi j'ai accepté après lui avoir de nouveau signifié que je n'étais pas un auteur pour lui. Il s'en foutait que ce que je lui donne ne soit pas de la poésie, j'ai donc décidé de n'être pas plus royaliste que le roi et je me suis mis au boulot. J'y ai bossé toute l'après-midi et toute la nuit et le lendemain je lui ai remis un manuscrit, persuadé qu'il le refuserait. Pensez, un truc écrit en vingt-quatre heures ! J'étais à mille lieues de ce qu'il publie d'ordinaire. Il faut croire que j'ai fait fausse route car, le soir même, il acceptait mon texte. Je ne peux pas dire que j'étais ravi de sa décision. Je me demandais qui cela allait bien pouvoir intéresser. Et puisque c'était un ami, j'allais devoir me fendre de signatures, d'une journée consacrée à la publication, parce que c'est quelqu'un qui fait les choses bien, qui y met tout son cœur, j'allais devoir causer, répondre à des questions, tout ce que j'aime. Il me faudrait sourire, faire bonne figure, faire semblant. Bon, il y aurait à boire, c'était déjà ça.

Une fois j'étais venu chez lui faire une lecture d'un de ses auteurs sur qui j'avais écrit un article pour un journal, il s'appelle Claude Brunet, retenez bien ce nom si d'aventure vous le croisez, vous prendrez un coup de pied au cul et c'est assez rare pour le signaler, un type épatant, un auteur comme il vous est donné d'en croiser un deux ou trois fois dans une vie, un type capable de commencer un texte par : Je ne sais pas ce qu'est la poésie… sauf que quand vous avez fini de lire ce texte, vous en avez une bonne idée…

Et donc, les mois ont passé et le bouquin est sorti. Il avait prévu de l'éditer à 300 exemplaires. Je le trouvais très optimiste. C'est un artisan, il fabrique ses livres lui-même, sur d'antiques bécanes, caractères de plomb, cousus main, beau papier, ce qui, comme je l'ai dit ailleurs, ne change rien à la qualité des textes, mais les gens aiment ça, pourquoi pas, et voilà que j'ai passé une délicieuse soirée avec sa famille et ses amis à coudre des exemplaires du bouquin, à discuter de choses et d'autres en buvant du bon vin. J'ai dormi sur place, j'étais trop bourré pour reprendre la voiture et rentrer chez moi par ces routes sinueuses.

Quinze jours plus tard c'était la présentation du livre, beaucoup de monde, ma copine était là, mais ça sentait la fin entre nous, depuis un moment déjà, la veille elle s'était saoulée à mort dans une soirée où je l'avais emmenée et avait vomi par la fenêtre ouverte de la voiture et, comment dire, nous avions été bien aspergés en raison du courant d'air produit par la vitesse, mais bon, je conduisais mais c'était sa bagnole et donc la mienne ne puerait pas pendant des mois, j'en étais quitte pour foutre mes affaires à la machine en rentrant et prendre une bonne douche, on a connu pire.

J'ai rempli mon devoir, signé quelques bouquins en me creusant la tête pour trouver quelque chose d'original à dire et puisque c'était un bouquin qui était plutôt destiné à faire rire qu'à se prendre la tête, j'ai puisé dans le tas de conneries qui me trottent dans le ciboulot et satisfait le public. En revanche j'ai refusé d'en lire des extraits, une bonne volonté s'en est chargé, on trouve toujours quelqu'un qui apprécie de se mettre en avant et ça m'arrange. J'ai prétexté que j'en avais déjà assez chié pour l'écrire, le coudre et que quand même il ne fallait pas en demander trop. Moi j'écrivais, à charge pour le lecteur de faire son boulot, c'est-à-dire lire, on n'allait tout de même pas lui mâcher le boulot. Pourquoi pas, pendant qu'on y était, lui dire ce qu'il devait en penser. Mon petit discours a rencontré un certain succès. Surtout auprès d'une magnifique rousse qui m'avait déjà tourné autour dans l'après-midi et à qui j'avais signifié quand elle m'avait trouvé « talentueux et bel homme » que ma copine allait sûrement apprécier le compliment. Merde, avait-elle dit, ils ont tous des copines ! La copine en question avait quitté la soirée tandis que je dormais sur place.

J'en avais profité pour demander à mon éditeur qui était cette femme si avenante. Il n'en savait rien, ne l'ayant jamais vue avant, mais puisque je lui avais dédicacé un livre, je me souvenais de son prénom et nous voilà cherchant parmi la pile de chèques si d'aventure il y en aurait un qui correspondrait, au cas où elle n'ait pas payé en liquide. C'était un prénom assez peu commun pour que je m'en souvienne et pour qu'il n'y ait guère de risques de trouver deux chèques le portant.

Nous avons trouvé en effet.

Je venais de faire une des plus grosses conneries de ma vie.

Déclaration d'amour 1

Je suis sans aucun doute le meilleur écrivain de ma génération, j'exècre ce qu'écrivent les autres, qui font de la littérature. Bordel ! Djian se trompe, ce n'est pas lui le meilleur, c'est moi, il lui manque la rage, il peaufine trop, il a trop envie d'être reconnu, c'est dommage. C'est un type à qui je rends hommage chaque fois que j'en ai l'occasion, encore aujourd'hui, je parlais à ma femme d'une de ses nouvelles, « Une bonne raison d'aimer la vie », que je considère comme la plus belle chose qu'on ait écrite depuis 50 ans. La plus forte, la plus juste, dont je me sers quand on me demande c'est quoi le style ? Quant à ceux qui vont penser à me lire que je ne me prends pas pour de la crotte eh bien je les emmerde, je leur demande d'y aller. L'écriture c'est pas un exercice de style, ça c'est bon pour les couilles molles, c'est un combat de boxe à poings nus, sans règles, que le meilleur gagne, le plus méchant, celui qui sait le mieux encaisser, qui n'a pas peur de tuer. Ecrire c'est un putain de combat à mort. Si tu crains les coups, si tu as peur d'y laisser ta peau, alors reste dans le troupeau des spectateurs et paye ton écot pour assister au match, mais ne viens pas me chier dans les bottes avec tes histoires de rimes et de belles phrases. Ces trucs de remettre cent fois sur le métier ton ouvrage, parce que si tu dois l'y remettre cent fois, ou même dix, abandonne, mon ami, n'essaie même pas.

Tu vois s'il est un texte célèbre que je déteste, c'est bien celui de Kipling, avec lequel les belles âmes nous bassinent, ce truc infâme, tu seras un homme mon fils, merde, comment tu peux accepter de tout perdre et de te réjouir, c'est un truc de catho à la noix, ah oui, c'est bien écrit, c'est beau, ça te touche au plus pro-fond, mais réfléchis bien, pense-s-y, tu te vois perdre tout ce à quoi tu tiens et te remettre à la tache ? Vas-y, regarde-moi dans les yeux et dis-moi que tu le penses vraiment, putain de faux-cul ! Non, ce qui compte, c'est la haine de tout ce qui t'encombre, t'empêche d'avancer, l'amour, c'est la haine de tout ce qui n'en n' est pas.

Le PIRE voyez-vous,

ce n'est pas le type qui te saute à la gorge pour déverser sur toi tout le mal qu'il pense de ton dernier bouquin, celui-là m'ennuie, me donne envie de bâiller, m'inspire une certaine forme de mépris, j'ai vaguement envie de le plaindre, non parce qu'il n'aime pas mon livre mais parce que je trouve impoli de donner son avis à quelqu'un qui ne t'a rien demandé, le pire ce n'est même pas celui qui te dit tout le bien qu'il en pense, non le pire c'est celui qui te colle de force entre les mains son chef-d'œuvre que 14 maisons d'édition lui ont injustement refusé et qui te demande de lui dire SINCEREMENT ce que tu en penses, tu peux y aller, me ménage-pas, je peux tout entendre, ton avis est important pour moi, rends-moi ce service, soit SINCERE ! Merde il ne doit connaître que ce mot, parce qu'il te le répète jusqu'à l'écœurement, jusqu'à te dégoûter qu'un tel sentiment puisse naître dans ton cœur d'airain, parce que tu sais que personne jamais n'est prêt à entendre la vérité, encore moins ceux qui la réclament à hauts cris. La personne qui te fourgue sa marchandise en te demandant d'être sincère n'en a de fait rien à foutre de ce que tu penses, elle veut juste t'entendre lui dire tout le bien qu'elle-même pense de son travail.

Ceux-là tu as envie de les tuer, de leur faire bouffer leur foutu manuscrit, parce que devant leur insistance et malgré que tu leur a signifié que tu n'es pas éditeur et donc incompétent à juger de la valeur de leur putain de foutu roman-qui-raconte-leur-vie-trépidante, tu finis par baisser les bras et te laisser arracher la promesse de faire ça rapidement-bien-sûr-avec-plaisir et pourtant tu le sais tu n'as cédé que pour t'en débarrasser mais il faudra bien que tu t'y colles et tu es prêt à parier un bras que jamais encore tu n'as lu un truc aussi mauvais pire que mauvais médiocre parce que c'est chaque fois la même chose c'est chaque fois pire c'est comme une torture déjà subie rien que l'idée que le bourreau va s'y remettre tu souffres déjà mille morts tu as la trouille de ta vie tu chies dans ton froc tu te pisses dessus tu sais que tu n'iras pas au-delà de la cinquième ligne que toute cette merde t'arrachera des larmes de colère de honte parce que la médiocrité te fait honte comme si c'est toi qui l'avait produite parce que ça te pollue ça t'éreinte ça te tue et tu te demandes ce que tu as commis comme péché irréparable pour mériter un tel sort et tu te retrouveras avec ce truc qui te brûle les doigts tu te sens obligé de l'ouvrir devant lui comme si tu avais hâte d'entrer au paradis sans savoir si tu vas réussir à ne pas vomir rien que le titre oh putain LE TITRE mais qu'est-ce qu'ils ont tous avec leurs titres à la con et pourquoi ne s'est-il pas contenté du titre hein pourquoi a-t-il fallu qu'il écrive les 350 pages qui le suivent alors que tout était dit dans ce foutu titre telle-ment explicatif tu connais le bouquin de A à Z rien qu'à poser les yeux dessus cette merde de TITRE alors tu l'as ouvert et tu as fait semblant pendant une éternité d'en lire les premiers mots mais tu t'es brûlé les yeux tu es resté pétrifié tandis que l'enculé n'a cessé de guet-ter sur ton visage un sourire marquant ton bonheur qu'il t'a observé épié alors que tu n'avais tout simple-ment pas la force de relever le nez de le regarder dans les yeux perdu dans le sentiment que tu avais là sous les yeux une bonne définition du vide du néant et pour finir tu as refermé le truc d'un coup sec tu lui as souri et tu as dit un truc du genre eh vieux attends un peu on peut pas juger d'une œuvre en trois lignes laisse-moi le temps et que marquant sa déception mais ne voulant rien en laisser paraître il te dit bien sûr c'est normal prends tout ton temps mais dis-moi sincèrement ce que tu en penses… etc etc… Ouf j'ai fait vite parce que je n'étais pas sûr d'aller au bout en y allant d'un pas normal, d'un pas plein de virgules et de points là où on est censé les mettre, je craignais de manquer de l'élan nécessaire pour en arriver là où je veux en venir et que cette foutue ponctuation ne me retarde.

Alors bon, voilà toute l'affaire, cette fois c'était une fille que je connaissais vaguement, elle avait été désignée pour m'héberger lors d'un salon littéraire auquel j'étais convié, il en va souvent ainsi, les organisateurs n'ont pas toujours les moyens d'offrir des chambres d'hôtel à 40 ou 50 auteurs. A cette occasion elle n'avait pas osé me refiler son truc, peut-être y avait-il quand même un reste de pudeur chez cette personne ou bien ne l'avait-elle pas encore terminé et tenait-elle à me remettre tout le paquet de façon qu'il me brise le pied en y tombant lorsque nécessairement je le lâcherais.

Regardez combien le destin peut se montrer cruel, elle habitait à quelques kilomètres de celui qui allait bientôt être mon prochain éditeur, si bien que lorsque ce dernier organisa une petite fiesta pour la sortie de mon bouquin, mon hôtesse d'un soir était là, son manuscrit serré contre sa poitrine, attendant le moment propice pour me le remettre, enfin créant ce moment de toute pièce, profitant d'un instant d'accalmie où je trinquais avec mon frangin venu me soutenir dans cette épreuve des dédicaces pour se glisser entre nous et y aller de sa requête. Je lui fis en toute logique remarquer que nous étions chez un éditeur et qu'elle devrait peut-être voir de ce côté, mais non, elle tenait absolument à ce que je sois le premier à découvrir son bébé et peut-être, si d'aventure j'aimais assez pourrais-je intercéder en sa faveur, me faire son avocat. J'eus beau lui expliquer que le meilleur avocat d'un bouquin c'est le bouquin lui-même, elle tenait que le regard d'un profes-sionnel et le petit coup de pouce qu'il donnerait éventuellement ne pourrait pas nuire à l'affaire. Je ne crois pas qu'un écrivain soit la personne la mieux placée pour juger de la qualité de l'œuvre d'un autre écrivain et c'est ce que je lui ai dit, mais va te faire foutre elle ne m'écoutait pas, elle insistait, menaçait presque, suppliait, bon sang c'était rien ce qu'elle me demandait, juste de lire, je lisais bien d'autres bouquins, non ? Alors pourquoi pas celui-là ? Que voulez-vous faire devant de tels arguments frappés au coin du bon sens et que voulez-vous faire quand vous êtes trop lâche pour accepter l'idée de vous fâcher avec quelqu'un, pour en assumer le poids ? Certes, j'aurais pu faire valoir que d'ordinaire je choisis les livres que je lis, que je ne lis pas toujours les livres que l'on m'offre, que j'aime par-dessus tout ma liberté. Aurais-je dû lui dire que pour la plupart, je ne connaissais ni rencontrais les auteurs que je lisais, que presque tous étaient morts depuis longtemps où vivaient à des milliers de kilomètres et que quoi qu'il en soit jamais je ne me serais permis de leur parler de leurs bouquins, sinon aux deux ou trois qui étaient mes amis et que ces derniers ne sollicitaient jamais mon avis par davantage que je ne sollicitais le leur, nous savions que penser les uns des autres, nous nous contentions de boire des coups et de faire de bons repas en parlant de choses et d'autres comme n'importe quels imbéciles heureux de passer du temps en si bonne compagnie.

Nous étions bien assez occupés tout au long de l'année à écrire et répondre aux diverses sollicitations comme les salons, interviews, interventions dans des écoles ou en prison pour ne rien faire d'autre de ces rencontres que d'agréables fêtes et oublier la littérature.

Je l'ai dit mille fois, écrire est mon occupation fa-vorite, mais tout ce qui tourne autour m'ennuie, me terrifie, me file des sueurs froides, je suis l'un des plus piètres orateurs lorsqu'il s'agit d'en parler, que par amitié ou politesse j'accepte cette épreuve si bien que je dois perdre bon nombre de lecteurs potentiels au cours de mes catastrophiques interventions. Qui aurait envie de lire ce qu'écrit ce type dont la voix ne porte pas à deux mètres lorsqu'il répond à une question, qu'il y répond d'ailleurs à côté parce qu'il n'a rien compris à ce qu'on lui a demandé et qui finit toujours par sacca-ger ce moment, vexer les uns, ennuyer les autres et passer pour un pauvre type alors qu'on attend tellement des écrivains, n'est-ce pas ? On les espère brillants, détenteurs d'un savoir, d'une connaissance de l'âme humaine dont le commun est dépourvu, on pense qu'à leur contact un miracle va se produire, sinon, pourquoi réclamerait-on de sa part ces quelques mots tracés en première page du livre qu'on lui présente telle une ostie afin qu'il le consacre, non mais regardez-les !, cette file de fidèles en tout point semblable à celle qui se formait les dimanches de mon enfance à l'église à l'heure de la communion me donne la nausée.

J'ai connu une auteure suffisamment célèbre pour dédicacer des livres à la chaîne et qui pour s'éviter la crampe de l'écrivain se faisait fabriquer des tampons qu'elle apposait sur la première page du livre qu'on lui tendait, un petit sourire, un bonjour, un vague paraphe, ne demandant même pas à la personne son prénom et hop ! au suivant ! Ils repartaient contents.

Pour ma part j'ai fini par renoncer à toute apparition publique et comme de bien entendu, j'ai disparu des rares rayons des librairies où l'on pouvait à une époque trouver mes livres et les éditeurs eux-mêmes ont fini par me jeter aux oubliettes pendant des années. Parce qu'il ne faut pas croire, tout le monde s'en fout de ce qu'écrit un écrivain, ce qui compte, c'est qu'on le voit, qu'on l'entende, qu'on sache ceci et cela sur sa vie, ses rapports sexuels, ses amours, combien il a vendu, est-ce qu'il est sur la liste des prix et l'on attend avec impatience que son fils (caché peut-être, c'est mieux), sa fille (droguée sans doute, quel pied), son ex publient un brûlot narrant par le menu quel sale type il est en réalité ou quelle salope alors qu'il ou elle donne l'image de quelqu'un de si bien ! Et l'on va chercher dans son œuvre des indices et en trouver, quand on cherche quelque chose de précis on trouve toujours, nul n'est à l'abri de révélations fracassantes, moi qui vous parle, si la notoriété et moi avions passé un accord, je serais sans doute en prison à cette heure.

Pour finir je me suis donc retrouvé avec ce manuscrit. Il fallait bien que j'en fasse quelque chose. Caler ma table bancale ? Il était trop épais. Le refiler à mon éditeur dont le métier consiste à refuser 99% de ce qu'il reçoit ? C'était un ami et ne pouvais lui faire un coup pareil. Alors j'ai décidé de le lire, de le lire vrai-

ment, quoi qu'il m'en coûte et de lui dire mon sentiment. Après tout, c'était un exercice nouveau et indi-
quer à quelqu'un qu'il s'était trompé de voie n'était-il
pas un acte charitable, surtout en direction de ceux qui
allaient échapper à sa prose ? Car les quelques lignes
que j'avais lues malgré moi m'avaient malheureuse-
ment conforté dans cette opinion.

Rentré chez moi je me suis attelé à la tâche, stylo
en main, honnêtement, mais rien n'y faisait, chaque
ligne me jetait dans les abimes de perplexité, chaque
métaphore était tellement rebattue, tout était si mièvre,
j'avais l'impression de me traîner sur un chemin aride
et nul puit à l'horizon. Ma soif de beauté, de violence
ne faisait qu'augmenter minute après minute. Tout cela
était mou, lu des milliers de fois, pas de voix, pas de
style, pas même de la musique, car l'on est tenté de
pardonner un peu à un écrivain qui a une musique,
même si l'on a envie de lui conseiller d'arrêter d'écrire
pour se consacrer à la composition, comme l'on a envie
de conseiller à celui qui passe son temps à parler de son
écriture d'écrire des essais sur la littérature et de laisser
tomber le roman.

Je me suis fendu d'une lettre d'une dizaine de pages, je détaillais mes réflexions avec exemples à l'appui, prenant la précaution de dire que mon avis n'était en rien « la vérité », seulement une impression, mais que puisqu'elle avait sollicité ma sincérité…

Quelques jours plus tard je recevais une lettre incendiaire, une interminable dithyrambe : Je n'étais qu'un jaloux. Un misogyne, je ne me prenais pas pour de la merde. De quel droit je jugeais son roman ? C'est parce qu'elle était une femme ! Que comme tous les écrivains mâles je méprisais les écrivains femelles ! Elle espérait ne plus jamais me croiser. (Et moi donc !) Elle n'allait pas se gêner pour dire à qui voulait l'entendre quel sale type j'étais. Je n'étais finalement qu'un petit écrivaillon de province (enfin un compliment) qu'on allait bientôt oublier.

Le lendemain, ou quelques jours plus tard, je recevais le dernier roman d'un ami, il s'appelle Jean-Luc Poisson et si vous ne l'avez jamais lu laissez tomber votre lecture en cours, oubliez les têtes de gondole, le dernier truc ou le dernier machine et précipitez-vous.

Parfois on fabrique soi-même
le fouet pour se faire battre...

Je croyais avoir fait la plus grosse connerie de ma vie en me démerdant pour la contacter, sauf que j'étais encore loin de la vérité.

Elle avait invité des copines pour un « thé », elle avait l'intention de leur présenter un écrivain, le genre de types qu'on ne rencontre jamais d'ordinaire. C'était une grande lectrice, elle avait tout lu, tout, de A à Z, on n'aurait pu la surprendre à ne pas connaître tel écrivain russe, croate ou japonais, sa bibliothèque regorgeait de tous les chefs-d'œuvre de la littérature mondiale, oui elle était de ces gens parfaitement instruits et cultivés qui connaissent tout mais n'ont jamais rien découvert. J'en ai fait le tour tandis qu'elle cherchait de quoi assouvir ma soif (j'avais dit que je préférais le vin à toute autre boisson), il n'y avait là rien d'original, tout ce que j'aimais, mais rien que je ne connaisse pas, rien pour attirer mon attention. Stimuler mes neurones, pas un petit éditeur et ses auteurs tout aussi obscurs. Parce qu'on y trouve parfois des pépites, je pense notamment à Claude Brunet et son « Ordinaires », une merveille de poésie, je pourrais parler de ce qu'il écrit pendant des heures, ce mec t'en met plein la gueule, il te bouleverse, il te donne envie de pleurer, de bonheur, son style te donne envie de continuer à vivre alors que tu hésitais à propos du moment où tu allais te flinguer, comment ne pas tomber en arrêt devant un pareil texte : « *Je ne sais pas grand-chose sur l'art. Ce que je sais sur l'art c'est qu'il n'est pas enfermé dans une petite boîte ou dans une petite bouche. Qu'il est multiple et libre, impalpable même dans son mystère. Comment comprendre l'art sinon comme une palpitation créative plus ou moins douloureuse, une révolte esthétique plus ou moins solitaire. Comment comprendre l'art sinon comme une fenêtre existentielle et imaginaire sur sa propre interprétation du monde. L'art est peut-être une sorte de fleur dans un drôle de courant d'air.* » Mais là j'étais en territoire connu, trop connu et pour le coup je craignais le pire.

Il était à venir.

Petits fours, thé, vin pour moi (elle avait débouché une bouteille qu'elle gardait pour une « grande occasion »), ses copines, tout autant qu'elle, ne fumaient pas et je les intoxiquais avec mes clopes à répétition, parce tout m'était permis et je ne répondais pas à leurs questions sinon par des boutades, je me comportais comme un salopard, je haïssais ce moment, je me haïssais d'avoir accepté l'invitation, je ne comprenais pas ce qui m'avait pris, enfin si, j'avais une furieuse envie de la baiser, sachant sans risque de me tromper que son désir n'avait rien à envier au mien. Son regard était explicite, bon sang j'étais en manque et ce dernier le remplissait jusqu'à la gueule, je venais de quitter Magali, qui me disait l'homme de sa vie, mais n'avait eu de cesse de m'enfermer dans une tour d'ivoire où elle contrôlerait tous mes faits et gestes, qui m'admirait et me demandait toutes les demi-heures combien j'avais écrit de pages…. Où j'en étais de mon roman en cours.

Je n'ai jamais compris ça. Je suis un type tout ce qu'il y a d'ordinaire, de banal, il se trouve que j'écris des livres et je ne vois pas ce qui me différencie d'un maçon au point qu'on puisse m'interpeller dans le métro comme ça m'est arrivé pour me dire tout le bien qu'on pensait de mon travail ! Rien ne me fout plus mal à l'aise. Tu as la moitié du wagon qui te regarde comme si tu étais un putain de tennisman célèbre ou je ne sais qui et tu t'excuses, fuis au prochain arrêt alors que tu en as encore trois avant ta station.

Merde, si tu veux faire écrivain, réfléchis bien, renonce ! Ne te berce pas d'illusions. Ou démerde-toi pour être TOTALEMENT inconnu. Ne publie pas. Reste dans ton coin. Tu ne sais pas à quoi tu t'exposes. Être connu, reconnu, célèbre, c'est quand même une idée à la con. Oui, je sais, un auteur célèbre a dit que l'échec était la réussite des cons, pourtant il est mort et je suis encore vivant, alors hein, qu'est-ce qui vaut le mieux ? Certes je crèverai aussi et certes la pauvreté n'est pas une panacée universelle, mais tu as envie, toi, qu'un fils de pute enlève ton gosse ou ta petite-fille pour exiger une rançon ?

Où en étais-je ? Parfois je me laisse aller, je m'égare.

Donc ces dames minaudaient, lisaient à haute voix des passages de mon bouquin, comme si je ne le connaissais pas par cœur ! HIHIHIhihiiiii ! que c'est drôle ! Quand elles ont enfin dégagé la place, j'étais fait comme un rat. La bouteille était vide et j'ai demandé si elle en avait une autre ou quoi que ce soit qu'un écrivain alcoolique puisse boire. Elle avait. Je voulais fiche le camp, mais comment dire, mon corps refusait de bouger son cul du fauteuil, il rechignait à cet effort et rien que l'idée de reprendre ma bagnole et de conduire pendant plus d'une heure sur des routes tortueuses me foutait la nausée. Je me voyais m'endormir au volant, aller au fossé ou me payer un camion, renverser un cycliste, écraser une poussette ou plus vraisemblablement m'arrêter dès que possible sur une aire en bord de route et roupiller d'un mauvais sommeil pendant des heures, me réveiller en pleine nuit, courbaturé, cassé, avec une gueule de bois carabinée et rentrer pour tenter de sauver ce qui pouvait encore l'être avant d'aller prendre mon premier café aux palmiers, mon bistro favori.

Pour finir elle m'a convaincu de rester dormir, dans son lit, elle n'avait rien de mieux à m'offrir, elle était désolée, si ça ne me gênait pas, je me suis dépoilé et jeté au pieu, je devais puer la transpiration, le pinard et la clope et je crois bien qu'on l'a fait, j'en ai un vague souvenir.

Ce dont je me souviens c'est qu'au matin elle était souriante, que pour la première fois depuis des années, une femme m'apportait mon petit-déjeuner au lit et bordel je n'ai jamais supporté qu'on me serve, cette servitude volontaire me fait gerber, cette offrande, comme si je le méritais, comme si j'étais un dieu, comme si quoi que ce soit m'étais dû, comme si je lui avais offert quelque chose qu'elle attendait depuis des années et qu'elle veuille m'en remercier. Elle l'attendait depuis des années c'est ce que j'ai très vite compris, mais merde, j'avais juste baisé avec une femme qui avait envie de baiser, tout comme moi et certes ç'avait été bon, je n'avais rien volé, ni elle, nous nous étions donné un truc dont nous avions envie sinon besoin, et quand bien même. Oui, zut, elle m'avait atti-ré, son corps m'avait donné envie et elle n'avait pas rechigné, nous ne nous étions rien promis, nous avions à peine échangé quelques mots et nous étions retrouvés au lit, c'avait été très bon, pour ce dont je me souviens, très simple, la jouissance parfaite de part et d'autre je crois, si j'en juge à ce sourire dont j'ai parlé, sinon elle m'aurait fait la gueule j'imagine ou bien ce fut minable vu notre état alcoolique mais elle n'en voulait rien dire et espérait mieux une prochaine fois et en effet, la suite l'a montré, elle espérait mieux, plus, tout, plus que tout et quant à moi je me suis montré lamentable, là, à ce moment crucial et plus tard, les jours suivants, je me suis montré au-dessous de tout, j'aurais dû mettre les choses au point, sans mentir, sans tergiverser, dire écoute c'était super, mais je pense que nous n'avons rien de mieux à vivre ensemble, je suis vraiment désolé pour toi, mais je ne suis pas amoureux, je veux vivre seul, c'est seulement comme ça que je suis bien, je ne suis pas un cadeau crois-moi, j'ai eu envie de toi et te l'ai fait savoir et tu as répondu à ce désir, et tu as eu envie de moi et me l'as fait savoir, nous sommes deux adultes, il n'y a pas mort d'homme ni de femme, restons-en là, au lieu de quoi je lui ai donné mon numéro de téléphone et dit que j'espérais la revoir bientôt, peut-être chez moi...

Il ne lui a pas fallu des lustres pour se pointer. Elle a fait des yeux le tour de mes 9 mètres carrés, mais ça n'a pas eu l'air de la rebuter. C'était tellement romantique. L'écrivain fauché qui vivait dans une soupente…On nageait en plein mythe… enfin elle. Et elle couchait avec, elle pourrait dire quand il serait devenu célèbre (parce qu'elle n'en doutait pas… comment aurait-elle pu coucher avec un ringard, un raté… ?) qu'elle avait partagé sa misère, l'avait vu travailler sur son vieil ordi d'un autre temps, avait mangé ses pâtes cuites sur un simple feu, qu'elle avait vu de ses yeux le paysage qui l'inspirait du haut de son cinquième étage sous les toits… que telle nouvelle elle en était l'inspiratrice… qu'il n'aurait jamais écrit tel roman sans elle…

Au soir nous nous sommes mis au pieu et nous avons baisé toute la nuit. Vers 8 heures je me suis levé pour aller chercher des croissants, bien que ça me coûtait un bras vu l'état de mes finances, je ne bouffais jamais de croissant, mais j'avais entendu dire que ça se faisait dans de telles circonstances et quand je suis revenu elle était en pleurs, paniquée, où tu étais ? ne me fais plus ça ! ne m'abandonne plus !...

Vous voulez connaître la suite ? Je vous la fais courte... elle est repartie chez elle, je lui ai téléphoné pour lui signifier que c'était fini et au lieu de quoi je me suis entendu dire viens vivre avec moi... Et j'ai quitté mon havre pour un appartement que nous avons loué ensemble et j'ai pris une camionnette pour la déménager avec l'aide de copains et ce furent trois mois d'enfer, jusqu'à ce qu'elle tente de me trucider en me sautant dessus avec un couteau de cuisine parce que j'étais parti acheter du pain sans lui dire où j'allais...

J'ai fui, emporté mon ordinateur dans lequel se trouvait tout ce que j'avais écrit depuis vingt ans, le seul bien auquel je tenais, je l'ai déposé dans l'arrière salle d'un troquet ami et me suis réfugié chez mon frangin, le temps de trouver où poser mes pénates, pas un slip, pas une paire de chaussette, pas un rond et c'était pile au moment où un metteur en scène venait de me proposer de tourner dans son prochain film, j'ai dû m'acheter un portable pour communiquer, tout ce que je déteste, ce fil à la patte, mais ça me raccrochait à quelque chose de vivant et elle s'est démerdée pour se pointer sur le tournage foutre sa merde, j'avais une scène d'amour dans une colline et elle y a assisté d'une hauteur d'où elle pouvait tout voir et nous a foncé dessus comme une furie, quoi, j'avais l'air de bien apprécier hein, de prendre cette femme dans mes bras et de l'embrasser et combien j'étais aux petits soins n'est-ce pas, oui, elle m'avait vu préparer le terrain où nous allions nous rouler afin que son petit cul ne souffre pas et toute l'équipe de tournage s'est demandé c'était quoi cette malade, cette folle qui déboulait et me sautait à la gorge et heureusement que les prises étaient terminées en ce qui me concernait et je l'ai ramenée chez elle qui n'était plus chez nous et j'ai appelé son fils et passé trois jours et nuits à contenir sa rage en attendant qu'il vienne la chercher et l'emmener je ne sais où à l'HP je crois où elle avait fait pas mal de séjours à ce qu'il m'a dit, même qu'il avait espéré que ma rencontre avait changé quelque chose pour elle, elle semblait si bien depuis croyait-il, mais merde non quelle tristesse et plus tard j'ai jeté mon portable dans une poubelle parce qu'elle ne cessait de m'expédier des messages de haine et je suis allé m'envoyer quelques bières avec des copains, ceux-là mêmes qui nous avaient aidé pour le déménagement, plus deux ou trois autres qui découvraient l'affaire et ça a fait pas mal de bières et ce soir-là, pour la première fois depuis longtemps j'ai dormi d'un sommeil de brute.

Ecrire...

Voilà, je choppe un mot et je lui fais cracher tout ce qu'il a dans son sac. Qu'est-ce que tu fous là toi ? Qu'est-ce qui te permet de me déranger dans ma douce tranquillité ? Vas-y, dis-le ! Où veux-tu en venir ? Qu'est-ce que tu as à me raconter ? Attends connard, mais qu'est-ce que tu crois, que je vais te lâcher comme ça ? Que je vais te foutre la paix ? Tu es loin d'en avoir fini avec moi, il ne fallait pas te manifester !

Pour qui me prends-tu ? Pour un de ces écrivains qui sous prétexte qu'ils ont trouvé à mettre ensemble deux trois mots qui sonnent et s'entrechoquent et produisent un son de cloche, se croient investis du génie des plus grands ?

Être un écrivain, c'est à la portée de n'importe qui, comme être musicien à celle du premier venu qui sait plaquer trois accords et qui joue avec des manettes. Mais écrire ! Tirer un coup est à la portée de qui bande et rien n'est plus aisé que de bander, tu vois où je veux en venir ?

Et pour donner le change, me mettre au défi, tu te caches au milieu d'autres mots, qui forment une phrase, qui m'obsède des heures ou des nuits durant, et que je vais bidouiller pendant des heures, tailler, polir afin de lui donner la forme parfaite, que chaque mot s'emboite aux autres, ça tournera autour de toi, je ne te quitterai pas des yeux, tu es la clé de voute, je t'ai reconnu, si je te retire ou t'échange tout s'écroule ou devient bancal et je ne pourrai rien construire dessus.

Tu vas me dire que je devrais te ménager, ne pas te parler sur ce ton, parce que tout de même, c'est sur toi que tout repose. C'est vrai, tu as parfaitement raison et j'espère que tu as les épaules, parce que je vais t'en faire baver mon salaud. Et je vais te cacher, personne ne te reconnaîtra. Marguerite Yourcenar disait à propos d'un écrivain, je ne sais plus lequel, il faudrait pour cela que je me replonge dans « Les yeux ouverts » le livre d'entretiens avec Matthieu Galey et je ne l'ai pas sous la main, elle disait donc : « Et quant à son style, il est si grand qu'on ne voit pas qu'il en a un »… Voilà, tu seras si important que personne ne te remarquera, tu passeras inaperçu…   La célébrité dans l'anonymat !

Tout ce que je voudrais. Un peu comme Réjean Du-charme, l'écrivain québécois, le plus célèbre des écri-vains inconnus... ou l'inverse.

Souvent je te tourne autour, je fais tout ce que je peux pour que tu sois présent, le centre du monde, sans jamais te citer, que le lecteur te « sente » là, présent, qu'il cherche, tous les mots que j'emploie ne sont là que pour dresser de toi ce que j'appelle un portrait « en creux », quelque chose qui t'évoque sans jamais te nommer mais qui te rend indispensable. Putain, je m'en donne du mal pour te mettre en avant ! Et je ne suis pas bien sûr que ça serve à grand-chose, puisque ce que veut le lecteur lambda, ce sont des histoires, il veut qu'on l'endorme, qu'on le charme, le con, mais bon, je n'écris pas pour ce lecteur-là, je n'écris pour personne en particulier, sinon pour les deux ou trois personnes que j'aime, moi les histoires je ne sais pas les raconter, je m'en fous des histoires, comment disait-il déjà, Fer-ré, ah oui, *ce n'est pas le mot qui illustre la poésie, c'est la poésie qui illustre le mot.* La plupart des gens ont écouté sans y prêter la moindre attention. Une jolie phrase, voilà ce qu'ils en ont retenu. Se sont-ils posé la

119

question de savoir, dans cette phrase quel était le mot illustré par sa poésie ? Allez, je ne vais pas vous mâcher le travail, démerdez vous.

Déclaration d'amour II

JE NE SUIS PAS UN TYPE très original,
Très franchement je me demande ce que m'ont trouvé les femmes qui ont fait un bout de chemin avec moi et je t'assure que je ne fais pas la mijaurée, que je pense ce que j'écris, je suis le mec le plus banal de la terre, je n'ai aucune passion, je n'aime pas les pique-niques, les balades en forêt ou les excursions en montagne, les fêtes me font profondément chier, j'ai horreur des anniversaires, des réunions d'anciens tocards, de toutes les traditions sans exception, des religions, de l'ésotérisme, les adeptes de la cartomancie ou de l'astrologie ne peuvent attendre de moi autre chose qu'un ricanement, la politique m'emmerde, le sport me donne au mieux envie de bâiller, les infos sont déprimantes et truquées, on essaie de nous endormir ou de nous foutre la trouille, ce qui revient au même, l'essentiel étant de nous empêcher de réfléchir, les prix littéraires et l'ensemble des honneurs généreusement distribués à des hommes ou femmes méritants me foutent le bourdon tant je trouve ça con et superfétatoire et

que je ne comprends pas comment on peut les désirer ou les accepter, j'aime bien picoler, ne rien foutre est mon activité préférée lorsque je n'écris pas, je fume comme un pompier et essaie souvent d'arrêter sans y parvenir, bref je n'ai rien d'exceptionnel et te défie de me prouver le contraire, toi qui n'est pas la femme de ma vie, la seule autorisée à penser (à juste titre) que je suis le mec le plus génial que porte cette terre avant son extinction qui ne saurait tarder tant les humains ne sont que de foutus consuméristes sans conscience aucune des enjeux que leur façon de mal vivre et de ne pas penser fait endurer à la planète, la poussant vers une fin proche et quasi programmée, entraînant dans leur suicide toutes celles et tous ceux qui, à mon image et celle de la femme de ma vie, ne demandent qu'à aller au bout du chemin le plus sereinement possible, sans se prendre la tête avec des dieux des demi-dieux des foutus gourous, des parts de marché et des augmentations de salaire.

Où est-ce que je veux en venir avec tout ça, c'est simple, si quelqu'un te trouve intéressant, c'est parce que cette personne en éprouve le besoin, ce n'est en

aucun cas parce que c'est la vérité, tu restes épouvanta-
blement banal, quoi que tu fasses de ta vie, tu es juste
un futur repas pour les asticots et si elle en éprouve le
besoin, c'est parce que sa vie est si vide de tous sens,
parce qu'elle se sent si malheureuse de se savoir mor-
telle qu'elle a besoin de se raccrocher à quelque chose
qui lui paraît concret et c'est sur toi que ça tombe et te
voilà investi d'un devoir que tu n'as pas choisi, te voilà
redevable, comme de la redevance télé alors que tu ne
la regardes jamais, sauf que c'est la règle commune et
que la loi t'impose de la payer, une loi que tu n'as pas
votée, pas davantage que tu n'as élu ceux qui l'ont votée parce que tu es un putain d'anar, que tu crois dur
comme fer qu'il n'y a pas besoin de lois pour savoir se
comporter ni de religion et que même la philosophie
qui à défaut trouve grâce à tes yeux, tu penses qu'elle
n'aurait pas lieu d'être si les humains étaient des gens
raisonnables, s'ils n'éprouvaient cet irrésistible besoin
de pouvoir, cette merde qui pollue tout et ne féconde
rien, s'ils n'avaient ce besoin de grandeur, d'éternité
qui fout tout par terre, bousille les relations, la joie possible, qui, s'ils n'existaient pas pourraient donner nais-

sance à un gigantesque et magnifique bordel apte à nous faire passer en douceur le peu de temps que nous avons sur cette terre.

Je suis loin d'être un type original, merde, je suis banal à pleurer. Je ne fais rien et n'ai jamais rien fait d'extraordinaire, rien qui puisse bouleverser ce monde, le changer, l'améliorer. J'ai écrit quelques bouquins dont tout le monde se fout, ou presque, ça n'a franchement pas la moindre importance. Je pourrais, comme d'aucuns, dont je lis les récriminations, en prendre ombrage, râler, pester, trouver là une injustice propre à motiver ma mauvaise humeur, à la justifier, je pourrais comme ceux-là, penser que tel ou telle qui vend à des centaines de milliers d'exemplaires les crottes chiées à longueur d'année et qui, franchement ne valent pas tripette comparées à mes chefs-d'œuvre inconnus, ne sont que de vils ou viles valets (merde, quel est le féminin de valet ?) du système et que le lecteur lambda n'est qu'un esclave qui avale sans regarder ce qu'il a dans l'assiette le brouet insipide qu'on lui sert. Toi à qui s'adresse ce texte, tu sais qu'il n'en est rien, tu me connais pour me côtoyer chaque jour, tu sais qu'il n'y a en moi aucune jalousie, ni de cet ordre ni d'un autre, tu sais que je suis juste stupéfait par la vacuité des hommes, que leurs pauvres désirs me trouent le cul, tout cela parce que je sais que notre commune banalité nous rend si semblables et que je voudrais qu'on en rie.

Il y a un amour impossible entre les autres et moi.

Mais pour ma part je te l'assure il n'y a pas de haine, seulement de l'étonnement.

Je suis un type d'une banalité affligeante et j'admire les gens qui m'aiment, m'apprécient, je les trouve courageux d'aller chercher derrière mes apparences l'or que moi-même prend pour du cuivre. Ou du plomb.

Et je t'admire, toi la femme de ma vie, de transformer chaque jour ce plomb en or.

Et de le faire briller.

C'était un 8 avril,

la date n'a aucune espèce d'importance, je la signale parce qu'il y a un instant nous en parlions et que j'ai demandé, au fait c'était quand ? Je croyais que c'était le 10 mai, elle m'a répondu non, le 10 mai c'est le jour où tu es venu me chercher…

C'est notre fils, Oscar, qui a déclenché le truc, il nous a demandé comment nous nous étions rencontrés et elle a dit écoute… elle s'est positionnée comme si c'était moi, accoudé au comptoir de ce bar, elle était drôle à m'imiter, je riais à la voir et elle a raconté, ton père était là, il buvait une bière, je suis entrée, regarde, et elle a joué son propre rôle de dix ans auparavant, je suis entrée et nous nous sommes regardés et ça a fait pouf ! je me suis dit je ne peux plus me passer de cet homme et pourtant je ne le connaissais pas et moi j'ai dit ça a été pareil, je l'ai vue et je me suis dit je ne pourrai jamais vivre sans cette femme, tu comprends, c'est ce qu'on appelle le coup de foudre et ça fait dix ans que ça dure, dix ans qu'on ne peut vivre l'un sans l'autre, l'une sans l'autre elle a rajouté et nous avons pris notre fils dans les bras, sa sœur était au bain et n'assistait pas à la scène, mais elle aurait aimé et donc nous nous sommes mis à raconter et Oscar, qui avait tout compris est parti lire ou je ne sais quoi et nous sommes restés à évoquer ces instants elle et moi parce que nous, nous n'avons encore rien compris et nous ne cherchons pas, nous nous contentons de nous extasier, de sourire comme des imbéciles heureux, il est vrai que ce fut un moment totalement étrange, nous sommes allé chez moi, il y avait des copains, la maison était ouverte et nous avons passé l'après-midi à discuter, nous serions incapable de dire aujourd'hui de quoi, nous savons que je lui ai lu, à sa demande, quelques nouvelles, chose que je ne fais jamais d'ordinaire, elle avait lu un de mes romans, sans savoir que c'était l'homme qu'elle rencontrait aujourd'hui qui l'avait écrit, ce fut une découverte pour l'un et l'autre et il se trouve qu'elle avait aimé le style, l'humour qui courait tout du long, et elle avait osé m'avouer qu'elle aussi écrivait, depuis toujours, qu'elle voulait être écrivain, et je ne doutais pas, sans connaître une seule de ses lignes, qu'en effet c'était là sa vocation, bref nous étions séduits, prêts à tout admettre car nous savions que rien ne pourrait s'opposer à ce qui nous jetait l'un vers l'autre, fût-ce le fait qu'elle était mariée depuis 9 ans, habitait à 300 kilomètres et que je n'avais rien à offrir de très concret. Je vivais du RMI, buvais comme un trou et partais le mois suivant en Amazonie où je comptais me perdre et finir mes jours bouffé par les crocodiles. Car j'avais beau faire le malin, il y avait des mois sinon des années, que je n'avais plus écrit une page digne de ce nom, je lui avais sorti de vieux rogatons, qui certes tenaient le coup mais j'étais sec, mort, sans désir sinon celui d'en finir avec cette mascarade qu'était ma vie. Tu n'es écrivain que lorsque tu écris. Et lorsque tu n'écris plus tu n'es plus rien. Tu peux faire le malin, te reposer sur de vieux lauriers flétris, donner le change aux gogos, mais tu n'es qu'une merde. Un imposteur.

Je me suis arrangé pour lui demander son téléphone et à peine était-elle partie que j'ai emprunté celui d'un ami pour lui écrire un sms, lui dire à quel point elle m'avait marqué, combien je la trouvais formidable, tout en pensant que j'étais fou, nous avions 28 ans de différence, elle était mariée, je n'étais qu'un pauvre type, je ne la reverrais sans doute jamais, mais elle a répondu instantanément pour dire qu'elle éprouvait la même chose et j'ai dit : on fait quoi maintenant ? Elle a fait silence un long moment.

Ce que j'ai fait pour ma part c'est de courir m'acheter un portable. Sans aucun doute l'achat le plus important de ma vie, celui qui l'a changée, bouleversée de fond en comble. Et nous avons commencé à nous écrire des trucs de fous, bourrés de sexe, de désir, moi qui suis si pudique, je me laissais aller à lui décrire ce que j'allais entreprendre lorsque nous nous verrions la prochaine fois et de son côté elle me promettait monts et merveilles.

Un jour elle m'a envoyé le manuscrit du roman autobiographique qu'elle venait d'écrire. J'ai lu, du premier au dernier mot. Et j'ai pensé que c'était un essai raté. L'amour ne m'aveuglait pas. Je n'ai pas tourné autour du pot, bien que je pensais que mes mots allaient l'éloigner de moi définitivement, qu'elle m'en voudrait à mort. Mais avais-je le droit, pour ne pas la perdre, de mentir, dire le contraire de mon sentiment, c'était partir sur un mauvais chemin, si je mentais pour une chose aussi importante que ce qu'elle considérait comme l'œuvre de sa vie, alors je ne cesserais de mentir pour de moindres choses, afin de ne pas la heurter, par crainte de la blesser, des détails, en fait je passerais mon temps à mentir, les fondations de notre relation ne seraient que mensonges et cela ne mènerait pas bien loin, la catastrophe était à portée de main, là, toute proche.

Oui, alors j'ai dit ce que mon cœur me dictait, que j'avais assisté en la lisant à la prestation d'une bonne élève qui avait bien appris ses leçons, bien compris et assimilé la partition, qui connaissait parfaitement le solfège, mais j'attendais à présent d'entendre de la musique. Et pas seulement une bonne interprète, mais une compositrice, audacieuse, j'attendais de la furie, de la niaque, quelque chose qui me renverse… Parce que je savais bien, moi l'écrivain raté, pour avoir approché de si près cet état, ce que c'était qu'un écrivain réussi.

Un mois plus tard nous prenions l'avion pour l'Amazonie, via Madrid, Paris, Caracas, Lima… Là nous avons pris un bus qui nous a fait traverser une partie de la Cordillère des Andes jusqu'à Puccalpa où nous avons pris une « lancha », ces bateaux impro-bables, chargés jusqu'à la gueule de marchandises, pour remonter le fleuve Ucayali pendant une semaine jusqu'à Iquitos... preuve qu'elle ne m'en voulait pas.

Une semaine de rires, d'émerveillement et de baise. Et de rencontres qu'on ne peut imaginer ailleurs, sinon dans les films d'aventure. A l'image des trois mois qui suivirent, à vivre au bord du fleuve, l'Amazone, parmi les « nativos » devenus nos amis.

Dix ans plus tard, l'émerveillement est toujours présent, elle a écrit de superbes livres, deux enfants sont nés, nous vivons à Berlin et j'écris ces mots après qu'elle m'a lu les derniers qu'elle vient elle-même d'écrire et voilà, la vie quoi, la nôtre...

Ce que j'aime me tue,

J'y consacre toutes mes forces, toute mon énergie vitale. Ce que je n'aime pas je le laisse passer sans un regard de trop ou je le combats s'il s'avère être un danger à l'encontre de ce que j'ai à faire, de ce que j'aime. Pour autant je ne consacre à ce combat aucune force, je me sers de la sienne et la lui retourne, avec élégance, sans haine mais avec ironie, dans un immense éclat de rire.

Je le plains celui qui me hait, qui déteste mon travail, le méprise. Pauvre âme égarée, pourquoi épuises-tu tes forces dans ce combat perdu d'avance ? Ne suffit-il pas à ton méchant bonheur que, après 38 ans d'écriture je demeure un écrivain obscur ? N'est-ce pas déjà assez de savoir qu'à coup sûr et vu mon âge (j'aurais 68 ans dans deux jours alors que j'écris ces lignes) je resterai après ma mort dans l'anonymat le plus complet ? Qu'il n'y aura nulle réhabilitation ? Me crois-tu dupe ?

Si tu penses que j'en veux au monde pour cet état de fait, tu te mets le doigt dans l'œil jusqu'au coude, je me suis efforcé tout au long de ma vie de parvenir à ce résultat. Tout d'abord sans en avoir conscience puis, au fur et à mesure que le temps passait et que je comprenais ce que j'étais en train de faire, avec une sorte de jubilation. C'est ma plus grande réussite. Et il y a tout à parier qu'elle ne se transformera pas en échec. J'y veillerai.

Je sais pertinemment que quasiment pas un « d'entre toi », lecteur de ces mots, ne croiras un seul de mes propos. Que tu prendras ça pour une coquetterie d'auteur raté, un pied de nez de celui qui, sachant que son maigre talent ne le propulsera jamais dans les sphères de la haute littérature, là où les chèques sont aussi épais qu'un volume de la Pléiade, se la joue « écrivain maudit ».

Crois-moi, suspicieux lecteur qui n'achètes que les livres qu'on trouve en tête de gondole dans les multinationales du livre et qui négliges, voire méprises le libraire de ton quartier (car tu confonds lire et braire...), je ne bande pas une seconde à l'idée de me retrouver dans ce cas de figure, toi qui attends avec impatience les prix pour savoir quoi acheter, à défaut de le lire, toi dont la curiosité a été émoussée puis mise à bas depuis des lustres et qui de ce fait attends qu'on te mâche le travail, toi qui es un mouton cultivé (tu as lu des milliers de livres, ta bibliothèque grimpe jusqu'au plafond et tu n'es pas peu fier de la montrer à tes amis…) qui n'as jamais de ta putain de vie découvert un auteur obscur, ancien ou moderne, qui possèdes « tout » ce qu'il faut avoir lu, toi qui peux parler de tel ou telle durant des heures, tu n'as strictement aucune espèce d'idée originale sur ce que c'est qu'un livre, sur ce que c'est qu'écrire, tu bouffes le brouet qu'on te donne et tes rots puent de la gueule.

Tu crois que je suis en train de te demander de « me » lire et de « me » trouver génial ? Là encore tu te goures, tu penses que je te demande de négliger les auteurs que tu aimes pour aller vers d'autres ? Erreur mon pote.

Ce que je te recommande, pour t'aérer les bronches, c'est de lire « autrement », rien d'autre.

Bar de nuit

Olive. C'était un type épatant, toujours de bonne humeur, mais il ne fallait pas s'y fier, pas du genre à se laisser emmerder non plus. Nous étions devenus amis, personne ne sait comment on devient ami, comment un jour on pense à une personne comme à un ami, c'est juste là et c'est évident. Quand je l'ai connu il faisait un remplacement dans un de mes bars favoris et ça a tout de suite collé entre nous, d'une certaine façon nous nous sommes reconnus avant même de nous connaître, je veux dire… comment expliquer ça, non… je ne peux ni ne veux l'expliquer, dès qu'on explique une chose on s'en éloigne, oui, on la tient à distance et on ne sait plus la saisir, s'en emparer, je me souviens que plus tard, quand nous avons été amis et sans jamais prononcer ce mot, sans jamais y faire appel, nous avons évoqué Montaigne et la Boétie, hein, tout le monde connaît la fameuse phrase.

J'ai fini par apprendre qu'il était aussi négociant en vins bios, qu'il avait créé des étiquettes pour des domaines, qu'il galérait à gagner sa vie avec ça, qu'il avait un diplôme en philo, qu'il avait un gamin avec un prénom que j'entendais pour la première fois ailleurs que dans la littérature... Rodrigue ! Merde, Rodrigue ! Un type capable d'appeler son fils Rodrigue ne pouvait qu'être bien.

Tu me diras qu'il ne l'avait pas choisi tout seul, d'accord, mais bon. Je crois que j'aurais adoré m'appeler Rodrigue au lieu de porter ce prénom si banal, Pierre... Tu parles d'un prénom ! Pourquoi mes parents n'ont-ils pas fait preuve d'imagination, d'originalité ? Rodrigue ça a de la gueule ! Ça décoiffe ! Ca a du cœur !

C'est lui qui nous a nommés « Le Muppet Show », mon ami Sylvain et moi. Quand on débarquait dans son bar de nuit et qu'on s'installait au comptoir, il se fendait d'un grand sourire. Il savait que sa soirée ne serait pas consacrée uniquement à servir et nettoyer des verres. Il baissait le volume de la musique et attendait la suite tout en servant les uns et les autres.

Nous avons fini par devenir une sorte d'attraction de début de soirée, mais nous on s'en tapait, nos conversations n'avaient rien de différent ici de celle que nous entretenions depuis que nous nous connaissions et où que nous nous trouvions, chez lui, chez moi, ici ou là, dans la rue, une conversation sans fin, avec de brèves pauses – il fallait bien pisser, dormir, baiser, reprendre son souffle -, mais qui suivait son cours, retrouvait le mot précis où elle avait fait halte et assurait la suite tout naturellement, comme une simple hésitation, je voyais le regard rieur de Sylvain s'illuminer dès que nous nous retrouvions et j'imagine que le mien n'avait rien à lui envier.

On buvait de la bière, une boisson qui permet de tenir le coup assez longtemps, qui tient l'ivresse à distance respectable et ne vide pas le porte-monnaie en quelques verres, parce que le but n'était pas de se démolir comme tant d'autres, de ceux qui écoutaient notre conversation et parfois tentaient de s'y immiscer et que nous repoussions d'un trait d'humour, avec gentillesse toujours, hors de question de s'engager dans une polémique, nous évitions soigneusement le coup de poing prompt à partir au comptoir d'un bar de nuit, non que nous fussions contre les plaies et les bosses, nous préférions simplement que d'autres que nous se chargent de les recevoir et de les donner.

Nous, ce que nous aimions c'était passer d'un sujet à l'autre, rebondir, sauter, glisser, en apparence une conversation décousue, mais qui pourtant suivait un fil, ténu et auquel nous nous accrochions comme un alpiniste à sa corde, en espérant que les crochets qui la maintiennent à la paroi ne lâcheraient pas.

Sylvain je l'adore, c'est un drôle de type, il achète des dizaines de bouquins qu'il ne lit jamais, des trucs rares, je veux dire que presque personne ne connaît et il te les passe en disant : « lis-ça, c'est superbe » ! Et tu ne sais pas comment il fait, il est capable de t'en parler des heures alors qu'il n'a fait que jeter un œil sur la première page ou la quatrième de couverture. Mais il ne se trompe pas, tu lis et en effet c'est toujours une découverte. Ce type a du génie. Ma bibliothèque est pleine des livres qu'il m'a prêtés. J'oublie de les lui rendre, il oublie me les avoir prêtés et il les rachète, il me les repasse en me disant : « lis ça, c'est génial » ! Et c'est moi qui pour finir lui en parle et il approuve. Au fond j'ai l'impression de lui apprendre des choses qu'il savait déjà.

Sylvain possède un ordinateur qui ne fonctionne jamais. Je le lui emprunte parfois car je n'ai pas internet et que lui oui, enfin, quand ça fonctionne.

Vous avez dû remarquer que je suis passé de l'imparfait au présent, c'est que je suis écrivain, pas prof de littérature et que, écrivant ces mots des années après les événements, je me trouve replongé dans ce qui fut notre présent à Sylvain et à moi, ainsi qu'à tous ceux et toutes celles qui y participaient. Tiens, il y avait cette fille, tellement jolie, que je croisais chaque jour, juchée sur son vélo, je la savais écolo militante mais qu'est-ce que j'en avais à faire, hein, ça m'était bien égal et je me disais toujours comment se fait-il que tous mes copains la connaissent, qu'elle parle et rit avec eux dans les soirées chez tel ou tel et qu'elle ne m'adresse jamais la parole, que je ne puisse l'approcher sans qu'elle s'éloigne aussitôt et putain qu'est-ce que je lui ai fait ? Hein ! Hein ! Et elle était souvent là au bar de nuit quand Sylvain et moi y faisions notre numéro, mais elle se tenait à l'écart ou je la voyais parler avec lui quand je revenais de pisser un coup et aussitôt elle reprenait ses distances. Je me sentais mal. J'avais l'impression de puer de la gueule. Pourtant je n'étais pas mieux sapé que les autres, j'avais le même air de clochard. Et la plupart étaient bien plus alcoolo que je ne l'étais. Tous aussi fauchés. Et puis un soir que j'étais seul, que j'attendais la venue de Sylvain elle s'est perchée sur le tabouret libre à côté de moi et elle m'a dit écoute, j'ai toujours pensé que tu étais un sale type, mais je crois que je me suis trompée et c'était tellement étrange, c'était la deuxième fois en moins d'un mois qu'une fille me faisait exactement la même réflexion, qu'est-ce qui avait changé ? Elle m'a dit je crois que tu es un type bien, je suis désolée et j'ai répondu qu'il n'y avait pas de quoi être désolé que je sois un type bien et j'ai espéré que mon petit trait d'humour lui conviendrait, elle a mis quelques secondes à le comprendre et nous sommes partis dans une conversation dont j'ai tout oublié, j'étais seulement heureux qu'elle ne me considère plus comme une merde et le reste je m'en foutais. Je n'aime pas qu'on me considère comme une merde, qui aime ça et c'était marrant parce que deux ou trois jours plus tôt comme je l'ai dit une autre fille dans un autre bar avait eu la même démarche elle s'était plantée devant moi avec ses épaules de camionneur, tout en force et m'avait balancé eh Barachant tu peux entendre la vérité ? on peut toujours entendre la vérité je ne vois pas où serait l'objection j'avais dit, bon je te paie un verre elle a annoncé et là non plus je ne voyais aucune objection, elle était là tous les soirs à l'heure de l'apéro qu'elle prenait avec une bande de copains dont nous avions certains en commun, des mecs avec qui elle bossait sur des chantiers, d'où les épaules susnommées, j'étais parfois mêlé à la conversation sauf qu'elle ne m'avait jamais adressé la parole, manifestant à mon égard une hostilité qui sautait aux yeux comme un pavé à la gueule d'un flic, il était palpable dans l'aura qui s'en dégageait qu'elle aurait donné cher pour que je disparaisse de la surface de la terre, à tout le moins que je vide les lieux ct n'y reparaisse pas en sa présence, et donc je m'attendais au pire mais j'étais curieux de savoir ce qu'était cette fameuse vérité, ce n'est pas donné à tout le monde d'y accéder n'est-ce pas, je n'ai jamais pu te blairer elle a dit et je vais te dire pourquoi, c'est parce que tu as pris la piaule de Thierry et que du coup il n'est plus là, que je ne le vois plus aussi souvent ni facilement, eh, mais c'est lui qui me l'a proposée, il ne voulait plus y rester, il y avait trop de travaux à faire et… je sais, mais c'était plus fort que moi, je te dois des excuses, je crois que tu es un mec bien, je suis navrée et bon, le lendemain elle m'a demandé un coup de main pour monter chez elle un frigo qu'elle venait d'acheter et j'ai avisé un tas de bois, elle avait fait livrer deux stères pour le début d'hiver, je m'y suis mis et à nous deux il ne nous a pas fallu plus d'une heure pour le ranger proprement à la cave, ensuite elle m'a offert un verre de vin et puis, une chose en entraînant une autre, je l'ai faite allonger sur son tapis et lui ai prodigué un massage. Elle avait un corps parfait, musclé, c'était un plaisir que de le malaxer, jusqu'à ce que son copain arrive du boulot et que nous arrêtions là la séance et trinquions à notre toute nouvelle amitié et voilà qu'une deuxième fille me tenait à peu de choses près les mêmes propos, le motif en moins, parce qu'elle, n'avait aucune raison valable, c'était comme ça, il y a des gens que d'emblée on ne peut pas voir et ça ne s'explique pas, un truc qu'on sent, auquel on s'accroche comme à une intuition tenace et elle n'aurait pas davantage pu expliquer ce soudain revirement, peut-être cela tenait-il à ce que je n'avais jamais cherché à l'approcher, à la séduire, à faire tomber ses armes, que je n'avais jamais manifesté ni indifférence ni peine ni agressivité en retour, que d'une certaine façon je l'avais laissée libre de ses sentiments à mon égard sans chercher à les faire évoluer vers un mieux, tandis que la quasi-totalité des hommes qu'elle connaissait attendait plus ou moins quelque chose d'elle, comme ils attendent – et elle n'excluait pas les femmes de ce diagnostic – toujours quelque chose de leurs fréquentations, je n'avais rien à répondre à cela sinon qu'en effet, aussi bizarre que ça paraisse, je n'attends jamais rien, je n'exige jamais rien des autres, pas même qu'ils tiennent leur parole, je n'exige aucune fidélité, tout ce que je leur demande au fond, c'est de me foutre la paix, c'est sans doute pourquoi je passe auprès des gens qui me connaissent mal pour un drôle d'individu. Sylvain lui, sait à quoi s'en tenir et c'est la raison pour laquelle il est mon meilleur ami.

Olive sort du même tonneau, il ne te demande pas d'être autre que tu es.

A l'heure où j'écris ces lignes, une bonne dizaine d'années a passé. Je n'ai pas revu Olive depuis et ne sais ce qu'il devient, Rodrigue doit être un jeune adolescent à présent et quant à Sylvain, nous avons dû nous revoir une fois pendant quelques heures depuis huit ans que j'habite Berlin. Mais qu'importe le temps, l'absence n'est qu'une vue de l'esprit. Nous sommes toujours là au comptoir du bar de nuit, à faire notre Muppet Show et cette fille s'avance encore vers moi et met fin d'un sourire à ma disgrâce, et j'espère que ça lui a fait du bien, qu'elle s'en est sentie mieux. Elle me plaisait et j'aurais détesté au fond être, sans l'avoir voulu, de ceux qui auraient accéléré son coup de pédale quand elle les croise.

Comment s'appelait-elle déjà ?

C'est là

Ça tourne se bouscule s'entrechoque se heurte ça frappe au carreau, ça cogne au cœur, ça mord les tripes, cette nuit encore, deuxième nuit sans trouver une minute de repos, de sommeil, il y a ce truc qui est là et qui ne demande qu'à émerger, clair, net, sale, ruisselant, ça colle, ça glue, je me lève malgré l'épuisement, posant au passage la main sur la hanche brûlante de la femme qui remplit mon existence et qui dort... Par la fenêtre la lune me fait de l'œil, je la regarde un instant, elle est toute ronde, on voit très nettement ses reliefs, je m'arrache à sa contemplation, trouve une enveloppe usagée sur mon bureau, déjà maintes fois gribouillée, un numéro de téléphone un mail inconnu, un nom, ça fera l'affaire, j'écris une phrase, me recouche, cherche l'oubli, en vain, me relève, la lune a disparu derrière l'angle de l'immeuble d'à côté mais le ciel est tout blanc, je bondis sur place, frappe l'air de mes poings, c'est là bordel c'est là, envie d'une cigarette, je suis nu, transi, m'entoure les épaules d'une couverture, sors sur le balcon, tire trois tafs, écrase, j'écris une autre phrase, merde où est mon fil, m'allonge, épuisé et me dit et répète que ce que je perds là si je ne l'écris pas est perdu à jamais, va m'obséder, comme je le pense depuis 40 ans d'insomnie qui m'ont jeté devant le carnet ou la machine à écrire, combien de fois ai-je ainsi contemplé la lune, je culpabilise de ne pas avoir ce soir cette force de renoncer au sommeil, je vieillis, je ne suis plus, il faut le reconnaître, ce jeune écrivain fougueux que rien n'arrêtait et soudain voilà ce qui vient, parce qu'on s'arrange comme on peut avec la réalité, tandis qu'un nuage vicieux masque la clarté de la lune : Ce que tu as perdu à jamais laisse la place à ce que tu vas découvrir et qui demeurera pour toujours. Je me recouche et laisse la nuit s'étirer sereinement jusqu'à mes 68 ans qui arrivent au matin. Un grand pas pour moi. Pour l'humanité je ne sais pas.

J'ai regardé Emilie ce matin. Je la regarde chaque jour quand je me réveille. C'est une bonne façon de commencer ma journée.

La femme de ma vie. Cette nuit nous avions fait l'amour longuement, délicieusement, comme toujours.

J'avais passé le reste de la nuit dans le désir, à bander contre son cul. Mais respectant son sommeil.

Pour une fois depuis longtemps elle s'était levée en même temps que moi et les enfants et il m'est brusquement revenu un épisode de ma vie que j'avais complètement oublié. Rangé dans un coin obscur de mon cerveau.

Je devais avoir onze ans.

Sur le chemin du boulot j'ai failli maintes fois m'encadrer dans une bagnole, j'ai grillé au moins deux feux rouges. C'était là, devant mes yeux. Quelque chose comme 57 ou 58 ans plus tard. C'était là dans mon corps. Ça m'empêchait d'être à la conduite, au monde qui m'entourait, à la journée qui m'attendait, pénible pour l'homme de 68 ans que je suis et qui doit bosser encore pour tenir à distance la catastrophe financière et ce qui en découle.

Mais c'était là et ça me tenait.

Solène, la fille qui devait m'ouvrir la porte de l'appartement où je devais intervenir m'avait appelé pour me dire qu'elle avait passé une mauvaise nuit à cause d'un terrible mal au dos, qu'à deux heures elle était debout à faire des exercices de yoga pour essayer de juguler sa douleur et qu'elle serait en retard, je n'arrivais pas tout à fait à compatir, j'avais ce truc en tête, qui me travaillait au corps, je suis allé boire un café dans une « bäckerei » du quartier et ensuite nous sommes allés en boire un autre ensemble quand elle est arrivée. Je n'étais pas très motivé pour le boulot. J'essayais de me remettre dans le contexte de plus de cinquante ans en arrière, de ressentir ce que j'avais alors éprouvé, que mon corps se souvienne de cette première jouissance, cette éjaculation originelle.

Sur la place où j'attendais le bus qui me ramenait quatre fois par semaine à la maison, il y avait une propriété fermée par une grille, je ne voyais jamais personne y entrer ou en sortir. C'était une sorte de vaisseau fantôme, mais sur la gauche de la grille qui en interdisait l'accès, il y avait un mur de trois mètres de hauteur surmonté d'une petite barrière métallique le long de laquelle un singe courait au bout d'une chaîne, de droite et de gauche ; inlassablement. Dès qu'il me voyait il poussait de petits cris et bondissait sur place, m'invitant à la rejoindre. Je posais mon cartable et m'élançais, j'étais moi-même une sorte de singe, j'agrippais le haut du mur, procédais à un rétablissement, me hissais à la force des bras jusqu'à la grille et posais mes fesses au sommet du mur, soufflant et transpirant. Le singe venait aussitôt se blottir contre moi. Je jouais avec lui comme avec un chat, au grand plaisir des badauds et personne jamais ne m'a fait la moindre réflexion ni tenté de me faire redescendre de mon perchoir. Nous étions devenus une sorte d'attraction.

Maintes fois je me suis escrimé à tenter de le délivrer de sa chaîne, mais en vain. Elle était trop solidement attachée autour de son cou et si je pouvais grimper à peu près n'importe où, je n'étais ni Rocambole ni Arsène Lupin, les cadenas me résistaient.

Lorsque mon bus arrivait, la mort dans l'âme je quittais mon ami et prenait place sur un siège moelleux et confortable pour les 16 kilomètres qui me ramèneraient chez moi où je m'ennuierais à mourir.

Ce jour-là, je me suis assis à la seule place libre, à côté d'une fille (du haut de mes onze ans je la voyais comme une femme mûre, elle devait avoir 17 ans…) et à peine le bus s'était-il mis en marche que, l'excitation due à mon jeu avec le singe ou la puberté faisant soudain irruption, je me mis à bander. J'en avais mal et me sentais mal à l'aise, comme si mon érection était visible. Et elle l'était.

Afin de cacher ce trouble par trop évident au vu de la bosse qui déformait le devant de mon pantalon, j'ai posé mon cartable contre mon ventre et fermé les yeux. J'ignorais tout du sexe, de la façon dont il se pratiquait, chez moi on n'abordait jamais ce sujet et j'ignorais tout du désir, du plaisir, deux notions qui, dans ma famille ultra-catholique étaient taboues, qui, si je les avais évoquées, m'auraient valu les foudres de mon père et une correction carabinée sans compter un passage immédiat par le confessionnal pour peu que le curé officiât à cette heure. A défaut, j'aurais été confiné dans ma chambre en attendant qu'il ouvrît.

Je n'avais du fait de mon ignorance des choses de l'amour aucune image en tête, nul fantasme particulier, la seule présence de cette fille à mon côté, l'effleurement de nos deux épaules dues aux cahots, son odeur qui envahissait mes narines suffisaient à mon excitation et soudain j'ai ressenti une douleur et un plaisir intenses mêlés tandis que s'échappait de mon sexe une crème épaisse et chaude, brûlante et que je perdais toute notion du lieu où je me trouvais et qu'une honte intense me faisait monter le rouge au front, coupait ma respiration, me jetait dans un état proche de l'évanouissement.

Au bout d'un temps interminable j'ai osé ouvrir les yeux, jeter un regard de côté. La fille lisait et ne s'était visiblement aperçu de rien. Mon slip poissait, j'ai déplacé légèrement mon cartable, observé le devant de mon pantalon, une tache y apparaissait, telle que si j'avais pissé dans mon froc, un peu. Que je n'avais su retenir une envie pressante et lâché quelques gouttes pour évacuer le trop-plein en attendant de me soulager.

Au petit-déjeuner j'ai raconté ce souvenir à Emilie, elle adore que je lui raconte des épisodes de mon enfance, elle a l'impression de se retrouver dans un film en noir et blanc, quand des rémouleurs s'installaient sur la place, celui de mon enfance criait : « aiguiseur couteaux, ciseaux, clefs à molette !, ou des rempailleurs de chaises, le mien était un italien que j'écoutais pendant des heures me raconter des histoires avec son accent chantant que j'adorais, des négociants en peau de lapin, j'imagine que c'est très étrange pour elle de savoir que son homme, le père de ses enfants de 5 et 9 ans a connu une époque où il n'y avait pas de tout-à-l'égout dans son village, où les enfants pouvaient jouer sur la Nationale 7 sans risquer de se faire renverser par une Traction-avant ou une Ford T, elle m'a gratifié d'un grand sourire : « tu aurais dû me réveiller... ». Non, je n'aurais pas pu, je préférais la regarder, dans la pénombre, et m'endormir finalement dans la chaleur de son corps, penser à la chance inouïe qui est la mienne et ce souvenir que sa vue au matin a remonté des profondeurs de mon enfance est ma madeleine à moi, on a les madeleines qu'on peut.

Je n'écris plus beaucoup, pourtant c'est là en permanence, ça me travaille, dans le sens latin du terme, ça me torture, avant j'en bavais de passer des nuits et des jours devant mon écran sans que rien ne vienne ou des choses sans intérêt et contrairement à ce que d'aucuns peuvent penser, je suis le mieux placé pour savoir ce qui en a un, ce qui vaut le coup d'être montré et parfois j'en bavais des ronds de chapeau à aligner les phrases et à les reprendre, j'en chiais littéralement, écrire, précisément, c'est un besoin comme celui de chier, Bukosvski avait raison, mais parfois, le plus souvent, ça ne sort pas si facilement, on est constipé, alors on reste sur le pot, on pense à autre chose en attendant que ça vienne, on sait que si l'on se relève, dans cinq minutes ou une heure, le mal au ventre va nous précipiter à nouveau sur le trône, qu'on sera incapable de s'occuper d'autre chose tant que sa merde ne sera pas extirpée, littéralement sortie des tripes, dure ou molle, tant que son éjection ne nous aura pas soulagé.

Autrefois, à une lointaine époque, ça sortait tout seul, comme un long, un interminable étron et bien sûr, tout n'est pas bon dans la merde, il fallait la remuer, y plonger les mains et trier et bon sang, que j'ai pu trier, jeter, des bouquins entiers, bons pour la décharge et parmi ce que j'ai gardé de cette époque et ne me suis pas encore résolu à brûler, grande est ma sidération de constater que pas dix pour cent mérite qu'on s'y arrête. De la merde qui pue la facilité, le manque de travail, de courage.

Mais qu'est-ce que j'avais donc en tête pendant toutes ces années ? à écrire sans cesse, sur tout ce qui me tombait sur la main, paquets de cigarettes, pv, mouchoirs en papier, en conduisant, aux chiottes, partout, tout le temps, des dizaines de romans, autant commencés et jamais terminés, des centaines de nouvelles, du théâtre, des chansons, des poèmes (nuls à chier) des trucs et des machins sans queue ni tête et jamais satisfait du résultat, à mourir de honte à la parution de mes romans, persuadé que le lecteur n'y verrait que les défauts comme je les voyais, comme je les vois encore aujourd'hui et pourquoi ne puis-je cesser, d'où me vient cette maladie ? Plus dur encore que d'arrêter de fumer, plus difficile que d'arrêter la drogue que l'écriture a remplacé.

Je n'écris plus beaucoup, seulement un peu chaque jour et encore. Là où il me fallait quelques heures pour pondre une nouvelle non-stop, j'ai besoin de plusieurs jours, d'arrêts, de relecture, je suis même capable de ne plus écrire pendant plusieurs jours sans en souffrir particulièrement, serais-je en train de vieillir ? Pourtant, publier n'a jamais été une priorité, un besoin, je me fiche de la notoriété, je suis resté des années sans proposer un texte à un éditeur alors que je continuais à produire roman après roman, nouvelle après nouvelle. Je ne m'intéressais pas aux événements littéraires, aux prix, tout ça, j'y suis indifférent, je me suis trouvé en accord avec ce jeune auteur qui, il y a deux ou trois ans a refusé le Goncourt, arguant que la littérature n'est pas une compétition. Pourquoi écrit-on en fait ? Qui pourra le dire ? Je me suis mis à écrire pour me sauver la vie, je crois que j'y ai assez bien réussi, car 38 ans ont passé et que je ne me suis pas encore flingué, parce que au lieu de me pendre comme j'en avais l'intention et d'arrêter ma course je me suis mis à galoper le long des phrases, si bien que l'une en a appelé une suivante, puis une autre, sans que je sache foutre dieu de quoi je pouvais bien parler, qu'est-ce que j'avais tant à dire que d'autres n'avaient pas dit mieux que je ne saurais jamais le faire.

Il en est de l'écriture comme de mon corps, ce machin qui part à vau-l'eau, on essaie de le tenir à bout de bras, on ne fait pas semblant de le maintenir jeune, on fait avec ce qu'il a encore de force pour en jouir, on ne cherche pas à faire beau, putain la « belle écriture » me fait gerber, tout comme ces photos que l'on nous diffuse sur le net, des corps parfaits et les commentaires qui vont avec, qui ne sont d'ailleurs faites que pour les attirer, des commentaires en un, deux ou trois mots, toujours les mêmes, insipides, d'une pauvreté affligeante, aussi affligeante que ces corps qui se veulent parfaits et renvoient le vôtre aux ordures et moi, ce qui me touche, ce sont les photos de Spengler Vanda, qui donnent à voir les corps tels qu'ils sont, dans toute leur dramatique réalité, ou celles d'un autre inconnu du public, Laurent Robillard et ses textes d'une cruelle beauté qui, pour ma part, m'interdisent les unes et les autres tout commentaire tant je craindrais de les affadir avec mes pauvres mots, ainsi, écrivant ces derniers, je mesure la dérision qu'il y a à m'y oser tandis que le besoin s'en fait sentir, tandis que j'en pleurerais d'incapacité, que la honte envahit mon front, tout comme elle le couvre de sueur lorsque mon regard se pose sur le miroir qui reflète ce que ma chair est devenue, cette chose molle, tombante, vouée à court terme à la disparition et dans laquelle on aurait grand peine à retrouver ce qu'elle fut dans ses glorieuses années de jeunesse, fût-ce avec beaucoup d'imagination, ce corps épuisé qu'une femme de presque 30 ans ma cadette dit aimer et qui le prouve jour après jour et qui jour après jour lui offre une vigueur sur laquelle je n'aurais pas parié un kopeck voilà trente ans, qui n'a pas mis la lisse beauté des images frelatées au rang de ses priorités, au point de demander à celui qui traîne ce corps vieillissant de lui faire des enfants, pas davantage qu'elle ne considère la « belle écriture », cette chose malsaine à la portée de n'importe qui connaissant la grammaire, comme gage d'un quelconque talent et, oui, l'écriture, ce mystère insondable est un hurlement, un cri terrifiant, pas un murmure, à quoi bon, laissons murmurer ceux qui n'ont pas de voix, elle met en lumière ce qu'il y a de plus moche parce qu'il a pris des coups, qu'il est maculé de salissures, tailladé, qui a vu une fois les peintures de Goya ou de Vélasquez saura de quoi je parle, ou entendu Brigitte Fontaine, alors oui, j'écris moins, je serre les poings, je laisse la rage m'envahir, joyeusement, car il ne me reste guère que ça.

Sinon l'amour que je porte à cette femme.

Mais là…

Plus tôt dans le temps...

Jeff...

Tous les soirs il débarque à la maison vers 19 heures, je ne l'ai jamais vu qu'avec un grand sourire sur le visage, il peut se passer n'importe quoi, ce type à l'air heureux.

Autrefois il fut un très bon journaliste, à la Tribune de Genève, il est moitié suisse moitié français, il était marié, père de deux enfants, ça roulait pour lui et puis il a fait une mauvaise rencontre et tout s'est gâté. Il a rencontré Dieu. Il s'est mis à voir des miracles autour de lui, à entendre des voix, ou plutôt UNE voix, celle du prétendu créateur, lequel ne lui a pas été d'un grand secours car il a perdu son travail, sa femme, ses enfants, il a fait de nombreux séjours en HP, s'est retrouvé à toucher une pension Cotorep, mis sous tutelle, il est persuadé que Dieu le protège, ce qui ne serait rien, prêterait à rire s'il ne s'était mis dans la tête que Dieu protège les autres de ses délires.

Avant que je rencontre Emilie, lorsque je vivais encore seul, que je n'avais pas ouvert ma maison à tous ceux et celles qui ne savaient plus où habiter, où boire un coup, où passer des heures à écouter de la musique, discuter, rire, prendre une douche, partager un repas, il n'était pas rare qu'il débarque vers les deux ou trois heures du matin, complètement halluciné et me débite des sornettes que je n'écoutais que d'une oreille, lui servant – et me servant – un verre de vin après l'autre et que nous finissions fin saouls sans que rien ne soit sorti de ce monologue erratique, exempt de toute logique, par exemple il m'expliquait qu'il s'était fait virer de l'église parce qu'il jouait du saxophone, improvisations directement inspirées par Dieu lui-même ou la vierge Marie, qui lui parlait comme je vous parle, que les fidèles présents se refusaient à authentifier les miracles qui s'accomplissaient sous leurs yeux, bon sang Pierre, tout à coup tous les cierges de l'église se sont allumés spontanément et les flammes se sont mises à danser et à tournoyer autour de la nef, au rythme de ma musique... et le curé m'a foutu dehors, alors je suis venu te voir car Dieu m'a dit que tu étais son représentant sur terre et mon interlocuteur, il m'a dit de t'écouter, que tu possédais la vérité, alors parle, dis-moi, que dois-je faire ?

Pour commencer, Jeff, tu devrais dormir… Bon, j'y vais… Non, reste dormir ici, tu n'es pas en état de con-duire… Mais si, Dieu me protège, il ne peut rien m'arriver… C'est déjà ce qu'il prétendait quand il re-montait la rue des Déportés à contresens quelques jours plus tôt et que, passant par-là, j'avais tenté de lui faire rebrousser chemin, en vain… Ce sont les flics qui s'en sont chargé… Ou la fois où nous étions devant chez lui à papoter au soleil et où il s'est emparé des fauteuils de jardin et les a projetés sur la route les uns après les autres par-dessus la haie en disant tu vois, Dieu me protège, il ne peut rien arriver… Certes Jeff, mais Dieu protège-t-il les gens qui passent…

Bon, c'est une toute petite route très peu fréquentée et personne n'a été blessé, toutefois je ne suis pas bien sûr que Dieu y soit pour quelque chose.

Un autre jour, nous étions dans un bar restaurant, il s'est approché d'une table où un couple avec sa gosse de cinq ou six ans déjeunait, il a posé un couteau sur la poitrine de la gamine en disant il ne peut rien t'arriver même si je t'enfonce le couteau dans le corps…

C'est la première fois que je l'ai fait interner.

Quelques heures plus tard il était de nouveau là, il avait déjoué la surveillance des infirmiers, était rentré en stop et se posait à la terrasse des Palmiers, un bar qui se trouve sur la même place et où nous nous rencontrons souvent. Une ambulance est arrivée et l'a réembarqué. Il se laissait faire en souriant. La situation avait l'air de l'amuser follement. L'HP a l'habitude, ils savent où le trouver.

Je crois qu'il fait n'importe quoi avec son traitement, il le prend ou pas, plutôt pas, ou avale ses pilules dans n'importe quel ordre, sans les doser, un peu de ceci, un peu de cela, oh la belle bleue ! oh la belle verte ! se rend ou non à ses consultations, croit dur comme fer que non, il n'est pas atteint de bipolarité, que personne n'a rien compris, c'est le cas des bipolaires en crise, je sais de quoi je parle, ma femme est atteinte de cette maladie. Par chance elle ne fait pas de délire mystique.

Je vis, perdu, égaré dans une autre langue comme dans un univers hostile, une jungle inextricable, entouré de dangers de toutes sortes et recevant les mots étrangers comme des piqûres d'insectes, alors que l'étranger, c'est moi. La différence est que je ne me comporte pas en colon, que je n'essaie pas d'imposer ma langue, ma culture, mes croyances. Soit dit en aparté, en ce qui concerne ces dernières je ne rencontre aucune difficulté, ne souffrant pas de cette maladie mentale qui consiste à croire en des mondes immatériels.

S'il est une chose que j'aime c'est d'aller chercher des informations sur les avancées de la science. De n'importe quelle science. De toutes les sciences. J'aime beaucoup les débats et contradictions des scientifiques, leurs polémiques, mais aussi leurs doutes, leur prudence parfois quant à une nouvelle trouvaille. Je dois être un scientifique frustré, ou raté, un parmi mes nombreux ratages, une de mes innombrables frustrations. Mais bref. Je suis aussi un auteur à succès frustré puisque de succès précisément, je n'en ai jamais eu beaucoup. Re bref, ne parlons pas de choses qui fâchent.

Là, je viens de lire quelque chose qui m'a bien plu.

Selon une étude néo-zélandaise, travailler beaucoup peut augmenter par trois le risque d'alcoolisme chez les jeunes adultes. (Je suppose que les vieux sont déjà alcooliques...) Les scientifiques qui ont mené cette recherche expliquent le phénomène par le stress lié à de longues journées de travail et le fait qu'en travaillant plus longtemps on est aussi en contact plus longtemps avec ses collègues de travail. C'est donc la faute aux collègues si l'on devient alcoolique. La conclusion s'impose.

Chez les oisifs, les chômeurs, les bénéficiaires du RSA etc et contrairement à ce que pense le commun des mortels, le risque de devenir dépendant à l'alcool est entre 1,8 et 3,3 fois moins grand que chez ceux qui marnent comme des Turcs du matin au soir. Je risque une explication : si les pauvres boivent moins, c'est qu'ils n'ont pas d'argent à consacrer à la boisson et que les tenanciers de bistros répugnent de plus en plus souvent à « marquer ». A ce propos, j'avais vu un jour dans un bar d'un petit patelin l'affichette suivante : Ici on est comme à l'OM, on ne marque pas, on encaisse. L'estaminet était tenu par un couple de lesbiennes qui ne devaient pas être fans de foot. Dans un village du Sud de la France, c'était prendre un bien grand risque pour un peu d'humour. Pas d'être lesbienne je veux dire. Quoi que.

Pour en revenir à nos statistiques sur la relation entre travail et alcoolisme, au fond, le résultat de l'enquête me semble assez normal. Les gens qui travaillent on sensément plus d'argent que ceux qui n'en foutent pas une rame, sauf s'ils sont rentiers, héritiers d'un gros magot ou mariés à une femme richissime comme certain politique que nous connaissons bien. Après tout, sans être scientifique et sans dilapider l'argent du contribuable en une interminable enquête, je pourrais affirmer sans me tromper que le risque d'avoir un enfant est pour ainsi dire quasi nul chez ceux qui font une abstinence totale de sexe et qu'il grandit en proportion de sa fréquence chez ceux qui le pratiquent de façon plus ou moins régulière, du moins chez les hétérosexuels, vous l'aurez noté par vous-mêmes. Le sexe entraîne le sexe tout comme un verre en appelle un autre.

Moi qui vous parle je sais de quoi j'écris, ou l'inverse si vous préférez. Je suis en matière de sexe ce que l'alcool est au gros travailleur et c'est pourquoi je me retrouve à presque 62 ans avec trois enfants. Dont un en bas âge. J'ai bien essayé d'arrêter mais, à l'instar du travailleur impénitent que ses collèges pervers poussent à boire, j'ai fait des enfants, poussé par des femmes perverses. Mais que c'était bon !

Naturellement, il faut signaler qu'une différence notable existe entre les gros travailleurs et les gros baiseurs. Généralement, les gros travailleurs qui, comme nous l'avons vu, deviennent des alcooliques, n'osent plus rentrer chez eux le soir car leur épouse va leur tomber dessus : quoi ! C'est à cette heure-ci que tu rentres !!! mais tu pues l'alcool ! Leur vie est un enfer ! Véritablement. Maintenant, imaginez la vie d'un gros baiseur rentrant précipitamment à la maison où l'attend une épouse amoureuse, désirable et pleine d'entrain... Ce sont deux mondes irréconciliables. S'il y a une moralité à tirer de tout ceci c'est que travailler, comme l'a écrit Pavese, non seulement fatigue, mais conduit à l'alcoolisme et à ses conséquences désastreuses sur les vies de famille.

Conclusion, il vaut mieux... ne pas travailler. Vous aurez tout le temps de faire l'amour.

Je viens de terminer la relecture et la correction de mon dernier roman que j'avais laissé reposer quelques mois. Ça nous a reposé l'un et l'autre.

Toutefois je suis inquiet car, contrairement à ce qui s'est passé avec tous mes ouvrages précédents, je ne lui ai pas trouvé de défauts majeurs.

Il m'a même beaucoup plu.

Est-ce que je vieillirais mal ou me suis-je considérablement amélioré au fil des ans ?

Je viens également de terminer la lecture du bouquin de Stephen King : « ECRITURE, mémoires d'un métier. »

C'est la première fois que je lis un bouquin de cet auteur, n'étant d'ordinaire pas attiré par le genre qui est le sien. Mais comme il s'agit d'un livre sur son métier d'écrivain et que, d'une part j'ai de la sympathie pour la personne qui me l'a offert et que d'autre part je n'avais strictement plus rien à lire et rien que j'avais (encore) envie de relire, je me suis dit pourquoi pas.

Et j'ai eu raison.

Bien entendu, vous ne trouverez rien dans ce livre qui fera de vous un écrivain si vous ne l'êtes déjà. Mais j'y ai trouvé quelque chose qui m'a fait du bien. Stephen King dit qu'il n'a jamais de plan précis quand il écrit un livre, pas de scénario pré-établi, pas d'intrigue sur laquelle s'appuyer et (c'est ce qui m'a le plus réjoui) qu'il ne fait que mettre en place des personnages, les regarder vivre et écrire ce qu'il voit. Cela fait des années que je répète la même chose lorsqu'on m'interroge à ce sujet, ce qui a le don de semer le doute dans l'esprit de mes interlocuteurs. Quoi ? Vos livres sont écrits au fil de la plume ? Mais comment peuvent-ils fonctionner ? Bref, on ne me croit tout simplement pas.

Eh bien, pour citer quelqu'un que j'aime bien, Philippe Djian a déclaré la même chose.

Naturellement, ceux qui n'aiment pas cet auteur diront que ça ne les étonne pas.

J'adore les statistiques. C'est quelque chose d'étrange et de fascinant.

Ayant vaguement l'intention de quitter un jour Berlin pour nous installer à Buenos Aires, Argentine, je suis allé sur internet chercher quelques renseignements utiles sur cette ville, par exemple le prix des loyers. Je n'ai rien trouvé de précis, mais je suis tombé sur une statistique. La voici : A Buenos Aires, il y a en moyenne 9,2 assassinats par jour.

Neuf virgule deux ! Ce qui veut dire qu'il y a neuf personnes virgule deux assassinées chaque jour dans cette bonne ville. Vu qu'elle compte plus de 12 millions d'habitants, périphérie comprise, j'ai peu de risques de m'y faire assassiner. Ce serait un sacré manque de chance.

Ce que je me demande, c'est à quoi correspond cette 0,2 personne. Ou on est mort ou on ne l'est pas. On ne peut être mort, assassiné ou non, à 0,2 pour cent. On peut être plus ou moins grand, plus ou moins riche, plus ou moins au chômage, mais plus ou moins mort ? Je vous demande un peu !

A moins que l'on considère qu'une personne ne survivra pas à ses blessures, que le couteau ou la balle qui l'a frappée est en train de la tuer et qu'il ne lui reste plus que 0,8 pour cent de forces vitales, ou qu'entre le moment où elle a été frappée et le moment où elle sera morte, le laps de temps qui s'écoule est mesurable en pourcentage et qu'au moment où l'on constate sa blessure, 0,2 pour cent de ce temps s'est écoulé.

Je ne vois pas d'autre explication logique à cette statistique.

Naturellement, si l'on multiplie 9,2 par 365 on obtient 3358. Mais il n'empêche que bien que ça nous fasse un nombre impressionnant de morts et un chiffre sans virgule, il ne peut y avoir chaque jour, ou certains jours un nombre de morts avec virgule, la virgule, comme je l'ai démontré, concernant les agonisants, qui sont à ma connaissance, encore des vivants, même très peu, même pour très peu de temps.

Je lis aujourd'hui (13 février 2012) que Mr Henri de Raincourt, l'actuel ministre français de la coopération, s'offusque de ce que, en Somalie, « des exécutions sommaires ont eu lieu. »

Que dit mon « Petit Robert » à propos de ce mot, sommaire : Qui est fait promptement, sans formalité ou sans grandes formalités. Vous noterez au passage que « grandes formalités » utilise le pluriel tandis que « formalité » demeure au singulier. Comme si « une » formalité ne pouvait être grande. Dans la formalité on n'est grand qu'à plusieurs. J'espère que les formalités ne sont pas plus de quatre, au risque d'apporter de l'eau au moulin de Brassens.

Mais bref, là n'est pas mon propos.

Quel est le contraire de « Sommaire » ? Est-ce « sophistiqué » ? Et en quoi une exécution sommaire est-elle plus terrible qu'une exécution sophistiquée pour celui ou celle qui la subit ?

Je me demande donc ce qui choque le plus le ministre entre ces deux propositions.

Personnellement, si je devais être exécuté, je préférerais que ce soit sommaire, c'est à dire vite fait, sans fioritures et sans tergiverser. Fi des exécutions sophistiquées qui vous laissent tout le temps de penser, de trembler, voire de vous chier dessus, sans compter que l'exécution sophistiquée laisse place à la torture et tout ce que cela implique, comme souffrance, trouille et chiage dans son froc.

Non, une bonne petite balle dans la tête, poum ! Et on n'en parle plus. Surtout l'exécuté (e). C'est sommaire certes, mais efficace.

Je ne sais pas ce que vous en pensez, mais moi, avec la compassion qui me caractérise, je me mets à la place des familles et amis des victimes. Savoir que votre, au choix : frère, père, mère, sœur, fils, fille ou ami(e) a été exécuté de façon sommaire me semble plus supportable que d'apprendre qu'avant de mourir, il ou elle, a subi de longues tortures.

A titre personnel je suis contre la peine de mort et qu'elle soit exécutée sommairement ou avec toute la sophistication que l'on connaît, par exemple aux Etats Unis, me choque tout autant. Et, j'ajouterais que ce deuxième exemple me choque davantage car, si l'on peut comprendre, à défaut de l'admettre, qu'on puisse tuer sommairement son prochain sous l'effet de la colère, en pleine guerre par exemple – et quel que soit le côté où l'on se trouve – j'ai plus de mal à accepter (et pour tout dire je ne l'accepte pas) que l'on exécute de façon sophistiquée ce même prochain.

J'inviterais donc volontiers ce ministre à mesurer ses paroles si, d'ici que ce texte soit publié, et pour peu qu'il le fût un jour, il devait encore occuper son poste, occurrence qui me semble pour le moins improbable en ces temps de campagne électorale.

J'apprends aujourd'hui la mort de Jacques Higelin.

Généralement, la mort de telle ou telle star me laisse relativement indifférent. Ou disons que je n'en fais pas tout un plat, que je ne largue pas des torrents de larmes sur facebook pour dire à quel point cette star va me manquer.

Mais il se trouve que les hasards de la vie ont voulu que j'ai côtoyé ce mec à deux reprises, une alors qu'il n'était pas encore connu, ou à peine et une autre (très courte, une nuit) quand il était déjà une star reconnue. La première fois, j'ignorais qui il était, j'ignorais tout de Brigitte Fontaine, d'Arezki, j'ignorais qu'il avait déjà sorti un disque, ou deux…Joué au cinéma ou au théâtre, en fait je ne m'intéressais pas tellement aux gens que je côtoyais, je ne m'intéressais qu'à ma petite personne. J'étais amoureux d'une certaine fille et nous vivions dans ce même village abandonné des Alpes. Loin de tout. Loin de tous.

Ce n'est que bien des années plus tard que je me suis rendu compte que j'avais côtoyé au quotidien ou presque, Higelin, Pierre Vassiliu et je ne sais plus trop qui. Ça ne m'a jamais fait bander, juste une sorte d'étonnement, d'amusement.

La deuxième fois où je me suis retrouvé face à Higelin, hormis ses concerts, c'était à la première d'une pièce de Romain Bouteille, « Les couloirs de la honte », j'y avais été convié par un mec qui s'est avéré être un escroc et qui prétendait être son ami. La pièce n'était pas terrible, assez incompréhensible, mal-foutue, une longue tirade avait été écrite (c'est ce que m'a expliqué Romain Bouteille plus tard quand nous sommes devenus amis) expressément pour une jeune comédienne qu'il avait envie de mettre dans son lit...) Bref, je m'étais fait chier, comme souvent au théâtre, mais l'escroc dont je viens de parler, m'avait fait un contrat de dix briques (on en était encore aux francs) pour l'aider à écrire les dialogues du scénario d'un film dans lequel devait prétendument jouer Richard Bohringer, Omar Sharif et je ne sais encore quel acteur ou actrice connue... Il m'avait présenté le producteur, très beaux locaux dans un quartier chic de la banlieue parisienne, le truc qui est fait pour t'impressionner, avec des affiches des films à succès que le mec a financé etc…Canapés d'où tu as du mal à t'extirper une fois que tu y as posé ton cul. Le type qui me montre des photos de sa propriété en Provence, ses chiens de race, tout le toutim… et moi qui me demande ce que je fous là. Pas impressionné le moins du monde. Mais inquiet. Où et quand vais-je me faire baiser ?

Ce soir-là, dans cette boite privée, chez « Ali », je me suis retrouvé à deux mètres d'Higelin. La boite était bourrée de gens connus (sauf de moi) et le mec qui m'y avait fait entrer était pathétique. Je voyais bien qu'il jouait pour moi, car il avait besoin de mon talent de dialoguiste, de ce talent dont il manquait cruellement. Il me prenait pour un autre, pour un type avide de succès et prêt à tout pour y accéder. Il croyait que tout auteur est prêt à se prostituer pour quelques billets. Rarement quelqu'un m'a si mal compris, connu.

Dans le cours de la conversation qui suivit, alors que j'expliquais qu'il était pour moi hors de question de faire faux-bond à mon éditeur actuel parce qu'il était le premier à m'avoir fait confiance (alors qu'un GRAND éditeur me faisait de l'œil), il se mit à rire et à faire rire ses amis en disant qu'on en avait rien à foutre, que lui-même avait touché un pactole en avance pour un livre qu'il n'écrirait jamais et mes larmes devant ces propos honteux ne firent que les amuser d'avantage. J'étais un naïf, un benêt, jamais je me m'en sortirais.

Et Higelin était à la table à côté. Il riait avec les deux ou trois filles qui l'accompagnaient et je n'osais pas aller lui parler. Il n'avait j'imagine aucune idée de ce qui se tramait à ma triste table. J'aurais tellement aimé qu'il prenne ma défense. Je suis sûr qu'il aurait eu les mots que je n'avais pas.

C'était en 1992. Il avait encore de longues années devant lui.

Je passais tout à l'heure devant une affiche publicitaire disant en substance (je vous traduis car vivant à Berlin, le texte est en allemand) : Toutes les 11 secondes une personne tombe amoureuse. Tu parles d'une info ! Qu'est-ce qu'on en a à faire ? En fait la pub est celle d'un site internet censé mettre des personnes en relation dans le but qu'elles tombent amoureuses. On appelle ça des entremetteurs et je choisis le terme à souhait.

Donc, si toutes les onze secondes une personne tombe amoureuse, il y a un iatus. Qui est la personne dont cette personne tombe amoureuse ? Et tombe-t-elle elle aussi amoureuse de la première ? Ce n'est pas précisé. Parce que vous pouvez tout à fait – cela arrive tous les jours – tomber amoureux ou amoureuse d'une personne qui n'en a rien à foutre de vous, de votre amour. Ça m'est arrivé. C'est triste et dur à vivre, mais c'est la vie.

Cela fait des mois que je passe devant cette même affiche et jusqu'à présent je n'y avais pas prêté attention. Il faut dire que je ne me sens pas concerné, étant moi-même amoureux depuis de longues années d'une personne qui me le rend. Qu'est-ce qui m'a donc arrêté aujourd'hui ?

Précisément ce que je disais plus haut : à savoir que si une personne tombe amoureuse, la réciproque n'est pas automatique. Leur pub est mal faite. Ils auraient dû écrire, car c'est ce qui est suggéré : toutes les 11 secondes deux personnes tombent amoureuses l'une de l'autre, grâce à nous. Ce qui multiplie par deux le nombre de personnes tombant amoureuses par le fait de leur entremise.

Si je m'en réfère aux statistiques, nous savons qu'au bas mot une femme sur 5 est battue par son compagnon. Certaines jusqu'à la mort. (Parce que, naturellement, cette publicité ne s'adresse qu'aux hétérosexuels, l'image est éloquente à ce propos...) Donc, si un couple se forme toutes les 11 secondes, et vu qu'une journée compte 86400 secondes, cela nous donne 785,45454545455... personnes tombant amoureuses, si l'on divise par deux pour en faire des couples nous obtenons 392,5 couples (je vous passe les virgules, elles font référence à des personnes pas encore tout à fait amoureuses...) et si l'on redivise ce chiffre par 5, nous avons au bas mot 78 femmes potentiellement battues par jour grâce à l'entremise de ce site internet, dont une partie mourra sous les coups de son compagnon.

D'autre part, en admettant que ces couples se marient, nous aurons également un nombre considérable de divorces dans les quelques années qui vont suivre, sans compter les drames que cela engendrera pour les enfants issus de ces couples, les bagarres à n'en plus finir pour les pensions alimentaires, la garde des gosses etc…

Franchement, si j'étais à votre place, je ne prêterais pas la moindre attention à ces publicités qui ne disent pas le dixième de la vérité, vous poussent au crime ou à être victime, je me contenterais d'être, à mon exemple, amoureux depuis longtemps de la même personne qui elle-même n'a jamais remis en cause l'amour qu'elle vous porte.

Les prix littéraires…

Rien que l'intitulé me laisse rêveur.

Qu'est-ce qu'un prix littéraire ?

C'est très personnel, mais j'ai toujours considéré que la littérature n'était pas une course de fond ou de vitesse, n'était pas non plus un match qui devait désigner un vainqueur.

La compétition, quelle qu'elle soit, m'a toujours semblé être une perversion. Courir plus vite, sauter plus haut, lancer plus loin…

Qui dit vainqueur dit vaincu. Qui dit vaincu dit humilié. Qui a envie d'humilier son voisin, son parent, son ami pour le plaisir d'être « le meilleur » ? Qui a envie d'humilier son semblable ?

Et même si le but ultime ne réside pas dans le fait d'humilier, c'est pourtant le résultat de toute compétition. Il y a un (ou une) vainqueur et des humiliés. Tous ceux, toutes celles qui arrivent derrière le premier ou la première.

Prenons le cas d'une course à pieds, souvent le résultat ne tient qu'à un fil, une poignée de micro-secondes. Le vainqueur restera dans l'histoire tandis qu'on oubliera les autres. Tout ça pour quelques centimètres…Quelques millimètres…

Il en va de même pour les prix littéraires, à la différence que en ce qui concerne une compétition sportive, il y a objectivement un homme ou une femme qui a couru plus vite, sauté plus haut, lancé plus loin, nagé plus vite…

Mais où est l'objectivité quand il s'agit d'art ? De littérature en l'occurrence. Qui en décide ?

C'est simple, une bande de pékins s'auto-proclame « experts » en la matière et s'octroie le droit de dire qui, de tel ou telle auteur(e) est le ou la meilleure dans tel ou tel domaine : Premier roman, nouvelles, poésie etc… et bien entendu qui sera lauréat(e) de tel ou tel prix prétendument prestigieux.

Là où le système est particulièrement pervers, c'est quand il s'agit de savoir quels livres seront sur la liste des postulants ?

Prenons l'exemple du prix des lycéens. Une bande de lycéens est choisie (par qui et comment ?) pour servir de jury. Est-ce que ces lycéens ont le choix libre et entier de dire quelles sont leurs préférences ? Que non ! On leur propose (qui ?), on leur impose devrais-je dire un certain nombre d'ouvrages (et pourquoi ceux-là plutôt que ceux-ci ?, mystère...) parmi lesquels faire leur choix.

Vous avez compris que le truc est biaisé dès le départ.

Il parait des milliers d'ouvrages chaque année, mais les choix des prix littéraires se font toujours parmi une poignée de ces ouvrages, (et une poignée d'éditeurs) une toute petite poignée et il n'est pas rare de retrouver les mêmes titres proposés par les uns et les autres. Et tel ou telle qui n'aura pas obtenu tel prix se verra octroyer tel autre, en quelque sorte par consolation. Un accessit pour ainsi dire. Comme une seconde ou troisième place lors d'une course... On est sur le podium mais pas à la première place, bah, on s'en contentera...

On ne me fera jamais croire que celles et ceux qui ont fait le choix premier ont lu « tous » les livres parus dans l'année. Alors, comment le font-ils ce choix premier. C'est assez simple en réalité, ils le font parmi les auteurs des maisons d'édition qu'ils défendent, auxquelles parfois ils appartiennent, dont ils sont eux-mêmes des auteurs, là où ils ont des ami(e)s, des gens qui pourront éventuellement leur renvoyer la balle. Et surtout, parmi les livres dont on parle déjà dans les médias depuis de nombreuses semaines, voire de nombreux mois et qui sont considérés comme « incontournables pour les prix ». Et donc, pour avoir l'air d'être parfaitement objectifs, honnêtes, non achetés, ils mêlent à tout ça quelques bouquins de « petites » maisons d'édition qui n'ont strictement aucune chance et ne passeront pas le second tour. Ou bien on se débrouillera pour refiler un prix sans trop d'importance à un auteur d'une de ces maisons. Un truc que tout le monde oubliera dans les jours ou les semaines suivant son obtention.

On m'a souvent objecté qu'il était manifestement impossible d'octroyer un prix important à l'auteur d'une toute petite maison d'éditions, car elle n'aurait pas les moyens de distribuer le livre à des dizaines, voire des centaines de milliers d'exemplaire dans les jours suivant l'obtention du prix. Qu'elles n'ont le plus souvent pas de distributeur… Certes, mais moi je fais le pari que le petit éditeur en question trouvera en moins de 24 heures un imprimeur, un distributeur et un diffuseur, car ce sont des hommes d'affaires, des entreprises qui ont besoin de rentrer du fric et qui seront sûres de leur fait, de récupérer tout le bénéfice de leur investissement, car la littérature est avant tout une affaire de gros sous et bien qu'on ne cesse de prédire la fin du livre, elle rapporte gros à certains. Comme disait Henri Miller dans un texte de Souvenir Souvenirs : l'art paie, il paie même très bien, sauf qu'il ne paie jamais les artistes. Sauf (c'est moi qui rajoute…) certains bien entendu, une petite poignée.

Je lis une info : « Avec une rentrée littéraire foisonnante, 567 nouveaux livres sont attendus… »

Je m'inscris en faux ! Non, 567 nouveaux livres ne sont pas attendus ! » Ou alors faudrait-il nous dire par qui. Je peux répondre à cette question : ils sont attendus par celles et ceux qui, dans les médias, font le succès ou non d'un livre. En réalité, quelques livres seulement sont attendus par ces gens-là, les autres, tout le monde s'en fout ! Eux les premiers.

A moins d'être un faux-cul de première, nous savons tous que ce que je dis est l'expression de la réalité.

Pourquoi un livre serait-il attendu si nous n'en savons rien ? Nous ne savons rien de l'auteur pour la plupart d'entre eux et nous n'en savons pas davantage sur le contenu de son livre, sauf si l'on en a parlé en long et en large depuis des mois. Auquel cas, selon mon estimation, il ne s'agit plus vraiment d'une nouveauté.

C'est pourquoi, les « livres attendus » se comptent sur les doigts de deux mains, à peu près. Et c'est dans ces dix doigts que va se faire la sélection des livres qui compteront, ceux susceptibles d'obtenir un des prix convoités. Les livres attendus. Attendus par « le » lecteur potentiel, celui qui va acheter yeux fermés « le » livre dont « on » parle. « On » étant les médias.

J'ai plein d'ami) es libraires et franchement ça leur trou le cul de constater que malgré leurs conseils avisés, les gens vont systématiquement vers les livres dont « on » parle, jamais vers ceux dont eux parlent, qu'ils défendent, mettent « en tête de gondole » dans leurs librairies, parce qu'ils pensent qu'on peut lire autre chose que seulement les livres dont « on » parle. Que l'un n'empêche pas l'autre.

Une de mes amies (enfin amie, amie FB) vient d'obtenir un prix assez prestigieux pour son premier roman. Je m'en réjouis pour elle, sincèrement, son livre est excellent, mais je sais que ce prix va occulter des dizaines d'autres romans tout aussi talentueux, qu'on ne va parler que de lui, et franchement ; si j'étais à sa place, ça me trouerait le cul !

Autrefois, enfin je veux dire lorsque j'étais encore jeune et fringant, si d'aventure j'avais un peu de fric en poche (et ce fut fort rare), je pouvais inviter une fille au restaurant sans que ça ne pose de problèmes particuliers. Oui, à présent, et pour faire un aparté, qui est une sorte de toc chez moi, lorsque j'invite une femme au restaurant, c'est la mienne... Je ne veux pas dire par-là que je regrette de ne plus inviter une femme autre que la mienne au restaurant, ne me faites pas écrire ce que je ne pense pas. Lorsque j'invite ma femme au restaurant, l'événement est si rare, au vu de l'état de nos finances, que c'est une véritable fête.

Je dis « j'invite ma femme au restaurant », mais ce n'est qu'une espèce de figure de style, car en effet l'argent qui sert à payer ce repas nous est commun. C'est la seule chose qui soit commune d'ailleurs chez nous, pour le reste nous sommes des êtres exceptionnels. Elle en conviendra j'en suis sûr. Surtout elle selon moi, surtout moi selon elle, c'est le seul point de désaccord entre nous et, si j'en juge par ce que j'entends de ses amies à propos de leurs couples, c'est un point qui ne nous est pas commun. Je veux dire à ses amies et nous, soyons clairs.

Mais revenons à nos agneaux comme disait Bobby Lapointe.

Aujourd'hui, si d'aventure il me prenait l'idée saugrenue d'inviter une autre femme que la mienne au restaurant, je serais dans l'incapacité de lui en faire la surprise. De lui dire : « Est-ce que tu accepterais de venir au restaurant ce soir, j'en ai dégoté un formidable qui va te plaire. »

Parce que nos jours il faut être très prudent, les gens et, selon mes statistiques personnelles établies suite à une longue observation, tant dans le cours de la vie ordinaire que sur les réseaux sociaux, particulièrement les femmes, sont devenu(e)s vegan. (J'ignore si l'on doit mettre un s à vegan dans le cas qui nous occupe, est-ce que vegan est un adjectif ou juste une tare, auquel cas, un précis de grammaire ne saurait m'aider dans ma quête).

Or donc, avant d'inviter une femme à manger au restaurant (mais tout autant chez vous, n'est-ce pas...) vous devez lui faire subir un interrogatoire serré. Si vous voulez conserver l'effet de surprise cet interrogatoire doit être mené avec finesse, prudence, intelligence, afin de ne pas éveiller ses soupçons. Le but étant de deviner si oui ou non elle est vegan, si oui ou non elle supporte le lactose, le ceci et le cela qui risquerait de mettre sa santé en grande difficulté. Le but n'étant bien entendu pas de l'empoisonner avec des nourritures suspecte, mais de la séduire pour qu'il y ait plus au cas où si affinités.

Je connais très peu de femmes en dehors de la mienne, sinon ses amies. Je n'ai, à titre personnel, aucune amie qui ne serait pas l'une des siennes. Ce qui fait que je finis par les bien connaître et à pouvoir sans coup férir, dire laquelle est vegan et laquelle ne l'est pas.

Si donc d'aventure il me prenait l'idée aussi sotte que grenue d' inviter une femme autre que la mienne au restaurant, ce serait de toute évidence parmi celles-ci que je choisirais ma convive.

Je ne vois franchement pas ce qui me pousserait à entreprendre une telle démarche, les amies de ma femme étant toutes très jeunes (et qu'iraient-elles faire au restaurant avec le vieux barbon que je suis ?), toutes mariées et possédant une nombreuse progéniture. Enfin, nombreuse si l'on additionne les enfants des amies de ma femme.

Mais disons que je le fasse, (un coup de folie !) le choix serait restreint, d'autant que parmi elles figure un nombre non négligeable de cathos pure souche (et c'est presque pire que vegan) qui me gonfleraient pendant tout le repas avec leur Jésus, et donc, si je retire du lot les vegan, les Jésus et celles qui cumulent les deux, je ne vois franchement pas qui je pourrais inviter.

Ma femme reste une valeur sûre.

Chérie, je t'aime !

Il y a de cela vingt ou 25 ans, j'habitais un petit village de la Drôme perché dans la montagne. Un village de 70 âmes environ. Le Maire de l'époque m'avait demandé comme un service de me présenter pour être Président du comité des fêtes. J'avais commencé par refuser, mais, étant diplomate de métier, il avait réussi à me convaincre à moitié. Il ne lui en fallait pas davantage. Et si j'avais fini par accepter, c'était avant tout eu égard aux conversations passionnantes que nous entretenions de loin en loin. C'était je crois ce qu'on peut appeler, d'un mot tombé en désuétude aujourd'hui : un homme de bien. Un vieux socialiste, de ceux qui faisaient encore honneur à cette appartenance politique. Un homme cultivé, érudit, droit, honnête, assez rigide mais juste. Il avait été ami de de Gaulle. Avait exercé la fonction de consul de France à Baden-Baden.

Et puisque personne ne voulait de cette patate chaude, c'est moi qui la reçus.

Je m'en débrouillais du mieux que je pouvais. En réalité je faisais ce que je voulais, comme et quand je le voulais. Nul ne s'opposait à mes propositions au sein du comité, ni n'y apportait la moindre modification. « Fais comme tu veux, Pierre, me disait-on, c'est toi qui sait… » Je me faisais vraiment plaisir, avec les tout petits moyens dont je disposais. Je faisais venir des bluesmen que j'appréciais, ce genre de choses. Et ça drainait du monde de toute la région.

Mon propos n'est pas celui-là, vous l'allez voir, mais il était important que je l'introduise ainsi.

Les spectacles que nous donnions dans le village finirent par avoir bonne réputation, tant et si bien que j'étais enseveli sous les demandes d'artistes en quête d'un cachet correct. J'en refusais la plupart, ne pouvant multiplier ces soirées ad libidum.

Cependant, il m'arrivait d'accepter de faire venir quelqu'un dont je n'appréciait pas particulièrement la performance, essayant de tenir compte du fait que je n'étais pas seul en cause et que d'autres avaient d'autres goûts que le mien.

C'est ainsi qu'un jour un homme se présenta à moi. Il avait garé sa camionnette à côté de ma maison, dans laquelle se trouvait la salle des fêtes. J'habitais en effet l'ancienne école, la salle de classe ayant été transformée de façon à y accueillir diverses activités culturelles ou prétendues telles. Transformée est un grand mot, on s'était contenté d'en retirer les pupitres et tableaux qui l'occupaient jusque-là.

Cet homme était tout vieux, en tout cas, même s'il n'avait que l'âge qui est le mien aujourd'hui que j'écris ces lignes, il paraissait très vieux. Tout usé. Timide. Peu sûr de lui. On sentait immédiatement l'homme habitué à recevoir rebuffades et rejets. Moqueries peut-être. Un grand espoir brillait dans ses yeux tandis que je l'écoutais attentivement. Au fur et à mesure qu'il parlait et que je ne rejetais pas sa proposition sans même l'écouter, il s'animait, souriait, extirpait d'une vieille valise en carton, prospectus et affiches et reprenait confiance, en lui, peut-être même en l'humanité, allez savoir. Il en faut peu parfois pour passer du désespoir à la joie, de la haine à l'amour.

C'était un prestidigitateur itinérant, qui allait de village en village proposer son spectacle. Des villages de plus en plus petits tandis qu'il accumulait sur ses épaules de plus en plus d'années, de plus en plus d'humiliations. Il dormait dans sa camionnette. Il y avait tout le confort m'assura-t-il. Tout ce dont un homme a besoin.

Je n'ai pas hésité une seconde. Cet homme devait nous offrir son spectacle, c'était pour lui une question de survie. Je lui proposai de venir le samedi suivant, il me fallait le temps de réunir le comité (en réalité je téléphonai aux membres et leur dis de quoi il retournait... oui oui Pierre, fais comme tu veux...), de poser des affiches dans le village et aux alentours, d'aller parler aux gens pour les inciter à venir, emmener leurs enfants, vous vous rendez compte ?, un prestidigitateur ! bref, le samedi est arrivé et le bonhomme avec. Il transportait avec lui une sorte de petit décor fait de quelques pendrillons, une table de camping branlante et quelques autres accessoires indispensables à sa prestation. Le tout tenait dans une malle.

Je l'ai laissé s'installer puis l'ai invité à partager notre table. Peut-être désirait-il prendre une douche avant le spectacle ? Les enfants étaient ravis, ainsi que ma femme, ils étaient habitués à ce que je ramène à la maison toutes sortes d'individus trouvés sur mon chemin et c'était toujours une fête. Il était joyeux, heureux, racontait des anecdotes, nous avait expliqué que son nom de scène n'était pas son vrai nom, mais qu'un nom à consonance italienne sonnait toujours mieux pour le music-hall ! Vous comprenez, quand, sur la piste du cirque Monsieur Loyal vient annoncer : « Et maintenant les enfants, voici celui que vous attendez tous et que le monde nous envie ! J'ai nommé : le Grand Marcioniiii ! » ça a de la classe.

Puis ce fut l'heure du spectacle. La salle était loin d'être pleine, mais les spectateurs semblaient ravis de cette nouveauté. Je n'en demandais pas plus et notre prestidigitateur n'en espérait pas autant.

Et il a commencé… Seigneur Dieu ! Quelle pitié… Son habit était élimé jusqu'à la corde, ses instruments usés, ternis, ses mains tremblaient, je remarquai seulement alors ses cheveux, ses rares cheveux, on aurait dit… je ne sais pas… une vieille salade défraîchie et partant en lambeaux… il alignait les numéros avec une conviction qui ne se démentait pas, il était habité, de pauvres numéros que nous avions tous vus des milliers de fois, testés nous-mêmes dans Pif gadget et pas de lapin qui sortait d'un chapeau, sans doute n'avait-il pas les moyens de s'offrir un chapeau, mais bon sang, IL DONNAIT TOUT CE QU'IL AVAIT ! Il en suait, il ruisselait, il parlait et faisait venir sur scène des enfants pour tenir des anneaux et les dénouer, ou couper une corde qui se reconstituait… et des jeux de cartes, de ces vieilles cartes usées elles aussi jusqu'à presque tomber en lambeaux. Et nous applaudissions à chacun de ses exploits, je donnais le LA, faisais la claque ! Putain, qu'il les méritait ses applaudissements ce vieil homme, ce pauvre homme qui croyait encore et toujours en son art, qui ne connaissait aucun autre moyen pour mettre quelque chose dans son assiette chaque jour! Et qui oui, mettait ses tripes sur la tables, en dépit de tout.

Un moment il m'a fait penser à cet artiste, comment s'appelle-t-il, qui ratait tous ses numéros de prestidigitateur… ah oui Garcimore, c'est ça, il m'a fait penser à Garcimore, sauf que Garcimore avait du génie, il ratait tout avec tellement de talent et j'ai pensé que c'était injuste. Un homme réussissait ses tours sans qu'on y croit, de façon pathétique, et l'autre ratait avec génie les mêmes tours. Les choses tenaient vraiment à presque rien.

Où voulais-je en venir en vous racontant cette histoire. Ce sont les événements qui se déroulent en France qui m'y ont fait penser.

Voilà ce pays doté d'un Président qui s'est retrouvé là par le plus grand des hasards, qui n'a pas réellement choisi sa destinée, tout comme mon prestidigitateur, un homme qui, à un moment de sa vie, a cru qu'il pouvait s'engager dans telle voie, qu'il en avait le talent. Il a bien fallu que des gens les encouragent, l'un et l'autre, pour poursuivre leur quête, sans soutien aucun, on baisse les bras. Je ne sais qui a encouragé le prestidigitateur et jusqu'à quel point pour qu'il ne puisse plus faire autrement que de continuer car il était trop tard pour changer, mais en revanche, nous savons tous qui a encouragé le Président. Nous savons tous tant c'est évident, tant cela saute aux yeux, qu'il n'est qu'une marionnette aux mains de puissances autrement compétentes que lui ne le sera jamais. Il est tel Pinocchio, fait de rien, de bouts de trucs et de machins et à qui l'on a donné un semblant d'âme et qui voudrait à toute force sortir de sa condition de marionnette pour devenir à son tour le marionnettiste de ceux qui l'ont créé. Et tel Pinocchio, il rue dans les brancards, ment pour s'en sortir, trompe son monde, mais pas celui qui l'a créé, qui lui, tient les ficelles et ne s'en laisse pas conter. Mais tandis que Gepetto avait de l'amour pour sa marionnette, les Gepetto qui ont créé cet homme n'ont que mépris pour lui qui n'est que leur serviteur, leur laquais et bien entendu, lâcheront les ficelles dès qu'il ne leur sera plus utile et le laisseront s'effondrer.

Oh, ils lui offriront tout de même une jolie compensation, mais lui qui croyait avoir un destin découvrira qu'il n'a vécu qu'une mésaventure et qu'on ne l'a sorti de l'anonymat que pour qu'au final, plutôt que de laisser son nom dans l'histoire, il ne laisse qu'un goût de cendre dans la bouche de millions de gens et une haine sans précédent.

Voilà un homme qui se croyait ancré sur un piédestal et qui découvre qu'il n'est que juché sur un escabeau branlant dont tout un peuple est en train de le faire dégringoler.

Quel rapport avec mon prestidigitateur ?

Lui au moins, tout ringard qu'il était, AIMAIT les gens et cherchait vraiment à leur donner le meilleur de lui-même.

Tu me demandes ce qui m'arrive. En réalité, TU te demandes ce qu'il m'arrive. C'est toi que ça ennuie. Parce qu'il te manquera quelque chose que je t'apportais. Mais je ne t'ai jamais rien promis. Je t'ai donné ce que j'avais à donner, en espérant il est vrai, que tu apprécierais, mais le fait que tu aies apprécié ne fais pas de moi un être redevable de quoi que ce soit, pas davantage que tu me dois quoi que ce soit pour ce que j'ai donné et que tu as reçu avec plaisir. Nous sommes quittes.

Moi il ne m'arrive rien. La fatigue, ce n'est pas quelque chose qui arrive. Elle est inscrite dans notre parcours, elle vient quand on a trop donné, même mal, mais trop. Elle est là, c'est tout, dans le temps présent.

Et je suis fatigué.

J'ai donné dans un premier temps de très mauvaises raisons à mon désir d'arrêter d'écrire, ou plutôt à mon non désir de continuer. Je ne mets pas de guillemets car ce serait faire injure à ton intelligence, je sais que je n'ai pas besoin d'appuyer sur certains mots pour que tu les comprennes, je veux parler d'une voix d'amble, ainsi que ce pas envolé des chevaux.

Je m'adresse à toi, toi et toi, pas à une personne en particulier. La seule qui ait eu une réaction qui m'apaise c'est Emilie, la femme de ma vie, écrivain elle aussi et qui donc, peut « comprendre », au sens latin du terme : « prendre avec soi » et qui m'a juste demandé : « Est-ce que tu en souffres ? » A aucun moment elle ne m'a incité à recommencer, ne m'a dit que ça me passerait, que ce n'était qu'un moment difficile pour moi. Je lui disais que je n'en souffrais pas, qu'au contraire je me sentais apaisé tout à coup. A aucun moment elle ne m'a dit que ça allait lui manquer, ou si elle me l'a dit, je ne l'ai pas entendu, car c'était d'une voix si aimante que je n'ai entendu que les mots d'amour qui sortaient de sa bouche, qu'elle soufflait entre ses lèvres dans la buée du froid que ma déclaration avait produite en elle. Et qui se mêlait à la fumée des cigarettes que nous fumions alors que je parlais.

Si j'ai soudain décidé d'arrêter d'écrire, ce n'est pas comme je l'ai dit pas lassitude, ni par manque de notoriété, mais parce que j'ai soudain pris conscience qu'en presque quarante ans d'écriture, après avoir publié quelque 17 livres et en avoir écrit bien plus du double, en avoir une quarantaine « en cours », sans compter au moins deux-cent nouvelles, chansons, poèmes, textes de toutes sortes, sketches, pièces de théâtre, je n'avais en réalité produit aucun texte important, aucun texte majeur.

Certes je suis sans aucun doute, et je le dis sans orgueil particulier, un bon écrivain, mais de là à être un grand, il y a un fossé que je ne sais franchir. Pour quelle raison je l'ignore. Il ne s'agit pas de se comparer, c'est ridicule, rien ne ressemble moins à un roman qu'un autre roman, et tant mieux, sinon, à quoi bon écrire, mais je parle là d'une équivalence de talent, ce qui te fais aimer tel ou telle autant que tel ou telle autre, et pour des raisons bien différentes. Pourquoi peut-on vibrer autant à la lecture de Dostoiesvski ou de Proust qu'à celle de Bukowski. Pourquoi quand je lis Siri Ustvedt ai-je envie de pleurer tant c'est fort, tant l'écriture est fluide, majestueuse, violente. Tant le génie saute aux yeux ! Ce mystère absolu que seuls quelques érudits croient pouvoir démonter en décortiquant leurs œuvres. Je crois que je n'ai jamais su me hisser à ce niveau et ça me rend malheureux, or je ne suis pas maso et déteste souffrir.

Je dis que j'arrête d'écrire et j'écris sur ce fait, mise en abyme. Peut-être en sortirais-je ? Peut-être de cet abyme trouverais-je l'issu ? Faut-il vraiment le souhaiter si c'est pour retomber dans le même schéma ?

Je devais publier bientôt un autre roman. J'y ai renoncé pour ne pas rajouter un petit roman à tous ceux qui existent et à la production desquels j'ai participé.

Le plus amusant, tandis que j'y pense, c'est que mon dernier livre publié l'est dans une collection « La diagonale de l'écrivain », qui est précisément consacrée à l'art d'écrire…

Je n'aime pas me prendre au sérieux, ça tombe bien.

Alors il faut bien en venir à parler de la merde.

Bukowski avait raison, oh ! combien !

On écrit comme on chie.

Si cette image vous répugne, bouchez-vous le nez et allez voir ailleurs, du côté de chez Coehlo, du côté de chez Marc Levy, du côté de chez tous ces écrivains et écrivaines puisqu'aujourd'hui on est obligé de féminiser chaque mot, qui doivent de temps en temps ouvrir un livre de philosophie ou de « pensées » et qui en recyclent certaines avec leurs propres mots pour nous faire croire qu'ils ont inventé ces idées. Ces écrivains-là sont interchangeables. En lire un c'est les lire tous.

Oui, on écrit comme on chie ! Et pourquoi chie-t-on ? parce qu'on a le ventre plein de merde et qu'il faut bien l'évacuer avant qu'elle ne nous fasse exploser ou ne nous provoque une inclusion intestinale.

Sauf que la merde n'est pas ce qu'on croit, elle est le résidu de tout ce qu'on a avalé, elle est en quelque sorte son substrat, elle est sa vérité. Et si on ne l'évacue pas on crève.

La plupart des gens chient sans s'en rendre compte. Ils chient parce qu'ils ont mal au ventre et que s'ils ne chient pas ils ne seront pas efficaces à leur boulot. Ils ne jettent pas un regard à leur merde. C'est pourtant intéressant la merde, ça révèle beaucoup de choses, selon sa texture, sa consistance, son odeur.

Quand tu chies, l'odeur de ta propre merde te monte au nez, tu ne peux y échapper. Mais en général ça ne dérange pas, parce que c'est l'odeur de sa propre merde. Tu peux même, dans l'intimité des toilettes et à l'abri de tout regard, la humer avec délices. Ensuite tu te torches, plus ou moins bien, tu tires la chasse et te voilà débarrassé d'un bien encombrant fardeau. Tu n'en parles jamais. Tu ne dis pas à tes collègues de boulot : « ah je viens de bien chier ! de poser une belle merde qui avait telle consistance ! Tiens ce matin j'avais la chiasse ! » Non, la merde doit être pudiquement tenue à l'écart de toute conversation, comme la masturbation. Sauf plaisanteries grasses entre collègues.

La merde est taboue, l'étron, la chiasse sont tabous. Ce qui sort de notre cul est bien plus tabou que ce qui peut y entrer.

On parle plus volontiers de sodomie que de défécation. C'est pourtant au même endroit que ça se passe.

Bukowski avait raison, c'était un génie. On écrit comme on chie.

Ecrire c'est faire en sorte que sorte de nous quelque chose qui nous ferait mal, jusqu'à nous tuer si on ne la laissait pas sortir, si on ne poussait pas pour qu'elle sorte. Ecrire ce n'est pas aligner de jolis mots pour ornementer de jolies idées. Ecrire c'est extirper de soi, dans un cri, dans une poussée douloureuse et victorieuse quelque chose qui nous tue, de façon que cette chose ne nous tue pas, que nous puissions continuer à vivre.

Ce qui sort de l'écrivain, mais je l'imagine du peintre, du sculpteur, du cinéaste, du chorégraphe, de l'acteur etc c'est de la merde. C'est-à-dire tout ce qui sort de toi lorsque tu as absorbé le vivant, tout ce qui reste une fois que tu as été nourri.

Il faut du temps pour accepter l'irrémédiable. Il y faut de l'humour. Il faut du temps pour accepter qu'il n'y a plus de temps. Que l'à-venir ne viendra pas. Il faut du temps que l'on n'a pas. Donner du temps au temps ? On ne peut pas même envisager de l'acheter. Le temps est épuisé. Plus de réserve. Plus de souffle. Le temps n'est pas à vendre. Il est incorruptible. Je me meurs de vieillesse, je me délite et le temps demeurera éternellement entier dans sa jeunesse. Le temps m'échappe, court devant moi qui trébuche à tenter de le rattraper. Le temps se rit de moi. Il m'en faut rire. Au temps pour moi. T

Tu es devenue un rêve à l'instant même où il s'est réalisé.

Aucun poète ne pourrait imaginer cela. Rien de ce que nous espérons n'est à la hauteur du concret, de la réalité de nos vies. C'est pourquoi il est inutile d'espérer. Etre là. Regarder. Sentir, humer et prendre ce que la vie nous donne. La vie, qui aura toujours plus d'imagination que nous n'en aurons jamais. Je suis amoureux de la stupéfaction. Tu me stupéfies chaque jour, à chaque instant de chaque jour. Pourquoi devrais-je encore   rêver ? Ce que je reçois de toi va tellement au-delà de tout ce que j'aurais pu attendre, vouloir, désirer.

Je ne suis rien, que le cri d'un oiseau mouche à la tombée du ciel

Je ne suis rien, que le chant d'un pinson à la clarté de l'aube

Je ne suis rien, qu'une virgule d'ombre et de lumière, un point de suspension dans le matin naissant

Je ne suis rien, qu'une sorte d'instantané, un négatif non
encore développé

Je vous viens à pas lents

Avant que d'être

Après quarante ans à m'y consacrer, j'ai décidé il y a quelques temps, d'arrêter d'écrire. Mais comme je ne savais plus que faire de ma peau, je me suis mis... à écrire...

Ravalez vos espoirs. Vous n'en n'avez pas terminé avec moi.

Certes, je suis mortel, mais je suis IN DES TRUC TIBLE

Achevé d'imprimer en mars 2019
Pour le compte de Z4 Editions